고양이 문신처럼 그리운 당신

유기택 시집

고양이 문신처럼 그리운 당신

달아실기획시집
34

보조 용언과 합성 명사의 띄어쓰기 등 본문의 맞춤법은 시인의 의도에 따른 것임.

그리운 건, 무어라고 생각해?

까칠한 길고양이.

일수를 찍는 무표정한 사채업자.

망설임 없는 지금처럼
그리운 건, 그냥 그리운 거야.

바보.

줄곧 다른 곳만 바라보고 섰던.

2024년
유기택

차례

고양이 문신처럼 그리운 당신

2부

3부

4부

1부

바담 푼風

바람을 맞고부터

분을 삭이지 못한 생은
먹을 때마다 한 숟가락씩 흔들렸다

헛제사의 모욕과 멱살잡이를 했다

손가락이 숟가락을 엎었다

그를 바닥에 쏟았다

제삿날을 넘겨 그가 갔다

공중을 떠가는
나뭇잎 한 장보다 가벼운 생이라니

말의 벌판을 가로지르는 바람은
생에 대하여 대체로 비협조적이었다

바람이 헛것을 이겨 먹었다

거미*

둘이 횡단보도를 건너는 동안
그가 양발을 끌며 걷게 되었다는 걸 알았다
일정하게 반복하는 속도의 마찰음이
길바닥 긁는 소리가 걸음을 따라다녔다
조용한 고양이 걸음에서의 복도를 생각하다
허리 병을 노상 달고 사는 골목을 지나쳤다

어딘가에 들렀다 집으로 돌아가야 할 거라는
약간 장황한 그의 설명이 길어지는 동안
집으로 돌아가는 시내버스 승강장에 닿았다

닳아진 뒤축만큼 기운 정물들의 세상에서
승강장 대기 의자 위의 수평을 서로 권했다

허리 아픈 길을 수없이 건너는 동안
걸음이 허리에서부터 망그러지고 있던 동안
거미처럼 공중 길을 건너는 꿈을 위해
바람을 빌려 거미줄을 허공에 날려 보내는
휘파람처럼 어딘가에 닿기를 기다리는 동안

칠월 초여드레
몇 안 되는 사람들이 집으로 돌아가는 동안
하루 끝에서 오는 시내버스를 기다리는 동안
불안한 눈길이 승강장 왼쪽으로 쏠리는 동안
집은 왜 매번 길을 건너야 나오는지
잠깐씩 발치께를 물끄러미 내려다보는 동안

노포老舖인
길 건너 회영루** 평지붕으로 달이 지고 있었다

이젠 피로 골절에 자주 시달리는 지붕들마다
웅크려 뒤척이다, 외려 깨어 있을 시간이었다

* 거미 : 조금 어둑한 상태, 또는 그러한 때
** 회영루 : 춘천에 있는 오래된 화교 음식점

가자

백열인 듯
저녁 잔광을 받아 하얗게 빛나는 새가 하늘 높이 떠 날
아갔다
"거기선 아직 저녁놀이 보여?"
멀리서 오는 새들은 아직 저녁 빛이 남은 높은 하늘을
날았다

어두워지는 들길에서
그때, 서로 조용히 마주친 어두운 눈길을 어루만지던,
그때
영원할 것 같은 미래와 아무것도 남지 않은 과거 사이
에 서서
찰나와 찰나 사이의 영겁에 서 있던 우린 무슨 생각을
했을까

바로 과거로 돌아서는 순간들 앞에서

통각처럼
통각痛覺이나, 통각統覺이나, 통각洞角*이나

뿔의 나이테처럼
속 빈 것들을 우연한 호기심으로 불어 본
부부젤라의 화근처럼
화끈거린

지금은 입을 꾹 다문
다저녁까지 들판에서 울다 간 까마귀들의 느려 터진 탄
식이나

저녁 하늘에는
울음 사라진 것들과 날아가 버리고 말 것들만 까맣게
떠돌았다

이제 별빛 같은 어둠이 내려, 우리 어깨 위를 덮어줄 차
례였다

* 통각(痛覺)은 아픔을 느끼는 감각. 통각(統覺)은 경험이나 인식을 자기
  의 의식으로 종합하고 통일하는 작용. 통각(洞角)은 소나 물소의 뿔처
  럼 가지가 없고 속이 빈 뿔.

징벌懲罰

하루 두 번, 두어 줌 분량의 먹이를 새벽과 저녁으로 나누어서 주던 가슴팍이 희고 등이 검은 고양이는 간밤 노랑 갈색 줄무늬 고양이와의 영역 다툼 싸움에 패하면서 달아났다.

만 원 가까이 주고 산, 신발장 위 고양이 사료 봉지는 주둥이를 집게로 다물린 채 시무룩한 표정으로 턱을 괴고 앉아 밖을 향해 종일 쭈그려 있다.

무슨 직경 넓은 관이나 터널을 통과해 나온 것 같은 풍절음인지 바닥을 긁는 소리인지 구분이 안 되는 저, 마치 늙은 짐승의 낮은 신음이 바람에 섞인 듯한 소리가 새벽 내내 마당 울타리 너머 쪽에서 일정한 간격을 두고 이어졌다.
귀에 거슬리는, 어슴푸레한 그 소리가 들려올 때마다 마음이 조금씩 더 불편해졌다.

힘에서 밀린 것들은 삶의 중심을 잃고, 나날이 그 삶의 변두리 쪽으로 뿔뿔이 흩어져 떠밀려가다, 생이 한없이 가벼워졌다.

패배에 익숙한 것들로 분류된, 없는 자들이 가진 자들의 안녕을 염려하는 어이없는 세상.

바람만 불면 납작 엎드려 불안한 눈알을 굴리는 비굴한 판잣집 지붕은 너무나 쉽게 굴복했다.

그런 새벽을 뒤로

멀지 않은 어둠 속에서, 바람 소리도 없이 덮치는 부엉이 웃음소리가 자주 들리기 시작했다.

돌아오지 못할 것이다.

풍요 속 빈곤으로 내몰린 목숨들이 소리 없이 하나씩 천천히 사라지고 있는 게 분명해 보였다.

동원된 군중 궐기 대회 화형식에서의 광기처럼 신발장 위 고양이 사료는 죄다 불태워버리기로 했다.

소각용 종량제 쓰레기봉투에 쏟아 버렸다.

이제부터 눈알 반짝거리며 활보하는, 쥐새끼들이 창궐하는 세상이 올 것이다.

손가락으로 보기

브래들리 타임피스*
손가락으로 만져 보는 시계

해가 지지 않는
지평선 위를 맴도는 해

눈을 감고
해바라기 흐린 잎맥을

흰 손톱으로 자라난
그 여름의 붉은 그림자를

어쩌면 환일幻日이었을
떠난 시간을 만져 보는 지문

방금 우리가 지나친 역사驛舍는
그 섬에서 썼던 환형環形의 시

'종달리終達里에서**' 우리가

환승을 위해 달려가는 동안

정각에 알에서 깬 종달***은
발차 시간에 맞춰 떠난 뒤였다

방금

내 얼굴의 시간 문자판 위를
네 손가락이 스쳐 지나갔다

열 개의 지문地文으로 읽고 간

* 브래들리 타임피스 시계 : 시각 장애인용 시계지만 비장애인도 사용할
  디자인을 표방한 시계
** 종달리에서 : 유기택 첫 시집, 『둥근 집』에 수록된 시. 종달리(終達里)
   : 제주시 구좌읍 종달리
*** 종달 : 종다리의 강원 방언

가을

얼핏 바퀴벌레 같은

시커먼 무엇이 바닥에 세워둔 오디오 스피커 통 밑으로 들어갔다.

옮기기에 편하도록 스피커 통 밑에 작은 바퀴를 달아 두었던 걸

잊고 지냈다.

스피커 통을 가만히 움직여 감추어졌던 바닥을 끌어냈다.

행방이 묘연했던 잡동사니 몇이 갑자기 들이친 빛에 눈부셔 했다.

자기들끼리 뭉쳐 낄낄거리던 먼지 뭉테기 틈에 숨죽이고 엎드린

작은 귀뚜라미가 보였다.

스피커 통을 다시 밀어 색이 바래지 않은 장판에 맞추어 들였다.

가을을 사육하기로 했다.

귀뚜라미 사육에

종이 계란판이나 가늘게 찢은 신문지 따위를 깔아 준다
는 것을
　어디선가 읽었다.

　제 발로 찾아든 길이니, 끼니는 스스로 찾아서 해결하렴.
　시집이나 잡지 따위의 속지에서 이가 빠진 낱말들을 찾
아보렴.
　먹어 치우렴.

　우선 손에 잡히는 대로 얇은 이면지를 찢어 통 밑에 넣
어 주었다.

　내 작업실
　내 스피커 통 밑에
　나는, 가을을 사육한다.

　이제부터 새벽어둠을 헤치고 내려와 작업실 문을 열기
만 하면
　귀뚜라미가 읽어주는 가을 시 읽는 소리를 들을 수 있

게 되었다.

　낡은 시집들의 수선 공방을, 가을빛이 드는 작업실 창
가에 들였다.

밤

눈물이었나?

문자 하나가 종이 위에 톡 떨어졌다
던져 보았다
밤 주머니를 한꺼번에 쏟았다
수북하다
이리저리 맞추어 보다
흩어진 문자들을 한 줄로 줄 세웠다
깜깜하다
도통 문장이 되지 않았다
죄다 벌레 먹었다
멀쩡한 게 없다
몽땅 쓸어다 쓰레기통에 쏟아버렸다

문장은 변명을 버리고 말끔해졌다

밤벌레가 사각사각 운다
터진 울음 속은 본래 죄다 깜깜하다

난국에 대처하는 우리의 자세

나뭇가지를 휘어 바로잡으려다
손가락 사이와 손목 안쪽을 쐐기에 쏘였다

방울뱀 독에 버금간다 하던데

바람 소슬하고
하늘은 새파랬는데

나는 어쩌자고 이리 저린 것이냐

요령 소리 공중 자욱이 벌여 놓고
쟤는 대체 무슨 나방이 되려고 저리 독한지
무슨 순한 걸 품으려다, 저러는지

하느님 쟤 좀 어떻게 해 주세요

휜 나뭇가지보다 네가 정녕 바르더냐?

가을에 갇힌 후투티가 지붕 위에서 웃었다

훗훗훗훗 훗훗 훗훗
지난겨울을 동네서 나던 그가 분명해 보였다

그러게요

나는 가을에 있다

지나간 여름으로 나를 찾았던 사람은 헛걸음을 했다
여름은 콩꽃 어우러진 나무 울타리 밑으로 빠져나갔다

문 앞에 자주 내놓던 황토 화분도 치워졌다

가을엔 무얼 하지

가을엔 무얼 하지
메아리 같은 대답질로 도통 말이 통하지 않는

보일락 말락 여전히 푸른 산마 꽃 같은 계집애

새침을 떨다가도 남모르게 슬쩍 남의 잠을 망쳐버리던
눈 그늘 깊숙이 고적하던 여름은 갔다

길에 떨어진 오색딱따구리 작은 몸뚱이가
가을을 알렸다

여름이 한바탕 돌아치고 간 앞산에 가을빛이 드는 건

산이 우리를 부르는 거라고 했다

나는 지금 산 아래 마을에 와 있고
지금 산골은 산마를 캐는 시절

마 잎에 누른빛이 돌면 산이 우릴 부르는 거라고 했다

이맘때가 산에 들기 맞춤한 때

산역을 마친 사람들은 산마를 캤다

가을이면, 들이며 산 위에 풀린 하늘에다 그저
여러 종의 새들이 조용히 자기 생각을 늘어놓고 떠났다

가을 전쟁

가을 전쟁이 이어지고 있다
대세가 기운 전장의 척탄병처럼 웃었다

송곳니가 깨졌다

호떡을 먹다 돌을 씹었다

별걸 다 문다

소모전은 하나같이
어이없는 백병전으로 대미를 장식했다

물고 찢던 기억이 달아났다
다만 사라진 걸 혀가 아쉬워할 터였다

닥쳐올, 이빨 시린 겨울을 생각했다
요령부득으로 멀뚱거릴 게 뻔했다

간혹 종전 기미를 보이기도 하는 요즘

자주 흘리거나 혀를 씹었다

소복소복 쌓이는 눈이
마을 안길을 조용히 재우고 갈

머잖아 평화로운 시절이 올 걸 알았다

블러드 다이아몬드

사람들이 섬으로 떠났다, 그건
멈추겠다는, 그대로 하나의 선언이었다

지상에서 가장 늦게 해 저무는 섬으로

나는 이른 저녁 대문을 체인으로 걸고
마당을 가로질러 현관문을 닫고
이른 잠을 청하여 느리게 멈추어 섰다

TV는
돌이킬 수 없는 다큐를 재방송 중이다

누가 자기를 죽여주면 좋겠다는
자절도 안 되는 열네 살 소년의 고백을

납치 소년들을 마약 중독으로 부린
제 부족의 팔목을 도끼로 자르게 한

돌아갈 수 없는 아이들을 앞에 세우고

웃는 얼굴로 서 있던 악마의 종種을

괴물이 되어버린 탐욕의 탄환 열차를
이를 갈며 저주했다

송장헤엄으로 지옥의 잠을 떠돌며
시에라리온의 저주받은 돌이나 섬을
인간에게 신의 가호가 있기를 기도했다

해가 늦게 지는 섬으로 간 사람들은
물결처럼 어두워지고 있던 밖은 그러나
아직 푸른 기운이 조금 남은 저녁이었다

고양이 문신처럼 그리운 당신

당신을 목덜미처럼 잊고 지냈다

호주머니 속 가시처럼 속살에 까끌거렸다

목뒤를 보려면 두 개의 거울이 필요하다
앞에 세운 거울에다 뒤를 비추어야
뒤란에서 수군대는 한갓진 것들이 보인다

거울의 거울 속에 목덜미가 잡혀 들었다

망실忘失한 시간의 기억 방식은
잊지 않기 위해 기억하는 것이 아니라
기억하기 때문에 잊지 못하는 것이다

울지 못하는 길고양이가 하나 있었는데
새끼가 없었대

울음주머니가 말라붙은 아기집에선
바람에 서걱대는 마른 갈잎 소리가 났다

유리 벽 바깥은 온통 젖은 세상이었는데
문이 여닫힐 때마다
안에선 이상하게 마른 공기가 풀썩거렸다

흰머리 봉두난발
꽃 지는 엉겅퀴 꽃대처럼 추레해 돌아치다
오래전 죽은 대추나무처럼 웅크리고 앉은
오랜만에
머릴 자르려고 들른 동네 미장원이었는데

흐르는 빗물로 흐려진 유리 벽 밖으로
슬픔을 쏙 빼닮은 무엇이 느리게 지나갔다

벌떡 일어선 죽은 나뭇가지처럼 아뜩했다

수목한계선을 지나는 목덜미께 머릴 자르다
불모의 경계를 걸어가는 고양이를 보았다

어느 폐역廢驛 노랑 고양이 이야기

그해 늦은 가을이었어요
그림책 속 노랑 꽃 벌판을
두 칸짜리 노랑 기차가 가다가 섰어요

노랑 고양이가 내려서 걸어가요

마지막으로 내린 승객을 꾸역꾸역 마지막까지 기다렸
던 건
눈사람이었을 거예요

거기였겠지요

지금도 누가 하나 저무는 가을바람에 흔들리며 기도를
해요

노랑 고양이 하나가 역사驛舍를 가로질러 느리게 걸어
가요

오래전 문 닫은 역사驛舍의 벽 위에 매달린 노랑 나뭇잎과

거꾸로 서서 물끄러미 땅을 내려다보는 노랑 무늬 무당거미

물 빠지는 노랑을 함께 건너고 있어요

대롱거리는 물방울 같은 생각에 몸서리치다
한 번씩 느린 공중 맴을 돌아 제자리에 다시 멈추어 서요

공중에 멈추어 선 싸리나무 노랑 가랑잎, 숨죽인
산란散亂하는 추억의 잠깐 빛에 취한 듯이 가다가 선
그러고 보면
늘 나중까지 기다리던 건 모두 노랑 고양이였던 게 분
명해요

떠도는 길고양이들의 벽시계가 몹시 느려지고 있던 동안
그중 어떤 하나에, 어쩌면 당신도 거기 있었을지 모르
겠어요

여기도 이제는 완연한 가을빛이에요

길고양이

이름을 짓자 했지만, 나는 아무 말도 하지 않았다

적어도 하루 한 번은 거의 빠짐없이 다녀가는
놈은 일수를 찍는 사채업자 얼굴처럼 무표정하다

그쪽이 더 나았다, 피가로.

모든 이별의 뒤는 은밀한 빚으로 고스란히 남았다

출처를 모르겠는 빚 독촉장처럼 덜컥 날아드는
알 수 없는 매번, 이별 어디쯤에서 울어야 했을까

녀석이 우는 걸 본 적이 없다

도대체 눈물 흘리는 법이라곤 없는
길을 떠도는 바람은 길에 울음을 흘리지 않는다

이름 : 길고양이

이마에 받는 차고 부드러운 눈송이
맑고 서늘한 열방의 눈동자
물끄러미

그랬을 거다

친한 척하지 말 것
지나칠 것을 위해선 울음보는 말려 두는 게 옳았다

가을 담채淡彩

마을을 벗어난 공동묘지 쪽으로
산 아래 새벽길을 걷다 보면
침침한 도토리 알들이 떨어져 있다
호상을 알리는 부고가 부쩍 늘었다
아랫도리 허전한 부고는 그때마다
헛소문 같은 동네를 돌아서 떠났다
눈가를 소매로 한 번씩 찍어내고
새털구름처럼 높이 떠 흘러 나갔다
나이 아흔이면
산 년이나 죽은 년이나 같더란다
눈물 마루서 터진 이 폭소 사태가
사람들의 기억에 덧붙여졌다
성미 급한 영감들은 대체로
먼저 서둘러 산으로 떠난 뒤였다
공동묘지 쪽에서 연기가 오르면
동네에 남았던 사람들은
그 푸른 연기에 주석註釋을 달았다
멀리서도
가을이 하나 끝났다는 걸 알았다

무덤은 덤이란 게 그들 생각이었다
다소 거친 밑그림이 그대로 드러난
그런 저녁이 슬금슬금 다가서면
동네는 무덤덤하고 흔한 가을이었다

평화로웠다

2부

증발

오래 걸릴까?

울면 소금 인형이 되는 거야

바다는 해안을 끌어가려고 당기고 할퀴지만
그저 모두 낡은 닻줄처럼 견디며 삭아가지
단순해지거나 단명을 택하지
젖어 마르길 거듭하며 소금 기둥이 돼가는
목조 염전 창고 벽을 기웃거리는 바람처럼
수만의 반짝이는 창을 단 유리 오벨리스크
불길을 빠져나온 해독 불가의 저것들은
슬며시 소금 맛을 뽑아 바다로 돌아가겠지
깨알 같은 투명 창유리의 명멸은
때때로 먹이를 먹여 보내는 길고양이와 같아

로드킬을 즐기며
속이 훤히 다 들여다보이는

승리한 죽음의 숨죽인 맛에 맞지

해안에 늘어선 검은 바위 절벽처럼

녀석은 오늘도 동냥밥을 얻으러 오지 않았다

가을밤

멀리서 오는 발소리 쪽으로
환한 창들이 목을 길게 빼고 바라보다 들어갔다

곧은 걸음은 훤칠하게 뻗은 길을 밀고
필름 없이 돌아가는 환등기 불빛처럼 지나갔다

달은 둥그러미 중천에 떠서 동네 밖까지 환한데
밤길을 도와 먼 길을 나선 것인지

불 켜진 창으로 나부끼는 다른 어디가 있는지

개 짖는 소리가 간간이 멀리까지 이어졌다

가을이 도둑 걸음으로 지나는 숲에서는
잠들지 못하는 밤바람이 바스락거리고 있을 텐데

나무들도 가을무처럼 속바람이 들고 있을 건데

가을엔 밤길을 가지 말 일이다

그리운 건 어쩌다 죄, 그 모양으로 지내게 되는지

옛 신남역에서

신나지 않았다

"너무 멀리 와버렸다"는 주석을 단
"멈춤" 철도 표지판 앞에서 멈추었다

너무 멀리 와버렸다
화살나무 잎 붉은 가을 낮이었다

쉬고 싶은 긴 의자와 같은 생각이
플랫폼 바닥에 길게 누운 제 그림자를
조목조목 뜯어 읽다 서둘러 간추렸다

초배하던 신문지처럼 뻔히 낯설다

아무래도 더 살아보아야 하지 않겠나

일어섰다

새빨간 끝물 고추 같은

작은 고추잠자리 하나 날아간 하늘이
온통 아득하고 새파랬는데

그때 당신은
그 작은 것을 보지 못했다

다른 곳을 보고 있었는데

알려줄 사이를 순간에 놓친 나는
다른 귓속말을 얼른 불어넣어 주었다

하늘빛이 참 곱다. 그치?

고개를 끄덕이던 당신은
눈물이 날 것 같다면서도 자꾸 웃었다

웃음이 흔들릴 때마다
눈 속에 괸 하늘이 잠깐씩 찰랑거렸다

가을비 내리는 정경

가을 새벽엔, 나무들도 기침을 하얗게 쏟았다

공중을 몰려다니던 새들 입김은 늦은 안개로 떠돌았다
새들의 잔기침 소리 그대로였다
창문들이며 들판이며
가을비 내리는 숲은 창유리처럼 바깥에서부터 흐리고
들판은 저녁 쪽으로 완만하게 기울다 마을 경계쯤에서
처음으로 사람들을 만났다
서로의 인후통을 눈인사로 나누고 헤어졌다
이틀을 연하여 비가 내리는 동안
오다 말기를 거듭하는 그 잠깐씩의 틈을 비집고
어지럽게 흩어진 짐승 발자국들은 들길을 가로질러
눅눅하고 부드러운 숲의 가슴팍에다 코를 박았다
가늘어지던 빗줄기가 마침내 그쳤다
그러고도 어찌 된 영문인지
젖은 들길은 날이 저물도록 마를 생각을 안 했다
탈곡을 마치지 못한 벼 포기들이 서 있기를 포기했다
논바닥에 드러누워버렸다
해 짧은 가을날은 제 몫의 갈무리를 끝내고 돌아갔다

낮 기온이 바람 골을 따라 가파르게 곤두박질하는 동안
일 없는 바깥을 괜히 들락거리던 조바심도 어둔해졌다

무어라도 거슬거슬 마르길 기다리는 동안

잘 마른 것들이 서럽게 그리운
저녁이면, 나른히 퍼지는 푸른 연기가 들판을 건너갔다

유형지에서 보내는 한 가을

못 보던 풀꽃들은
바람이나 길고양이나 새들이 씨앗을 묻혀 오는 게 분명
했다
올해도 마당에서 늘었다
새로 세상을 뜬 애인들의 이름이나 숫자에 꼭 맞아떨어
졌다
세상을 떠난 여인들의 이름을 사랑했다
흔하디흔한 이름들이었다
그건 죄가 되지 않았다
쬐끔 슬펐다

질경이나 쏙쌔, 고들빼기 등은 제법 오래전 떠난 애인들이다
우리 집을 드나드는 길고양이 피가로는 다 아는 눈치지만
신사협정에 성실한 그도 한때는 꽃을 사랑한 친구였을
테다
가끔 소문의 은유를 퍼 나르는 기미였으나 누구도 잘
모른다
마찬가지로 이웃의 소문들을 묻혀 돌아왔다
세상이, 잊힌 여인들의 이름을 사랑했다

죄가 성립되지 않았다
슬픈 무죄다

다시 죄를 묻는 시월이다
따지고 보면 본래로 애인들이나 나나 모두 분명한 무죄
였다
사랑에는 선행先行으로 무죄 추정의 원칙이 적용되었다
더구나 쑥부쟁이를 사랑한 것은 범용에 가까웠다
단지 잊히고 말, 꽃 이름을 사랑한 행위의 일부가 저촉
되었다
슬픔으로의 유형만 확정되었다
유형지에서
이제부터 두고두고 슬퍼질 것이었다

꽃들이 진다
세상에서 잊히고야 말 애인들을 사랑하는 것은 일부 유
죄였다

마당이 쑥부쟁이 꽃밭으로 바뀌고 있다

낙타

낙타였다

낙타는 들판에 나가 새끼를 낳아 데리고 들어왔다
과일나무들은 멀리 밭에 나가 과일을 데리고 왔다
나는 다리 밑에서 데려왔다는 말을 들으며 자랐다

거기까지가 우리가 알 수 있는 가장 먼 데였다

바람에 별 우는 소리가 자꾸 들린다는 저녁
우리는 악착같이 붙들고 있던 아버지를 놓았다

아버지는 별밭 멀리까지 나가서
아버지의 임종을 데리고 들어왔다

우리가 모두 낙타였다는 걸 증명해 보인 아버지가
다시 나갔다
그리고 돌아오지 않았다

아버지는 별의 낙타였다

별 우는 밤 떠난 낙타는 돌아오지 않는다고 했다
이제 별은 우리가 아는 가장 먼 곳이 되었다
형제 중 몇은 자신의 낙타를 다시 증명해 보였다

모두 아버지를 닮았다
사막의 마른 흙냄새가 어디서 훅 끼쳐오고
저녁 바람만 불면 어느새 별 쪽으로 귀가 기울었다

별 우는 저녁에 떠난 낙타처럼
우리에게 별은 누구도 알 수 없는 그저 먼 데였다

낙타들은 자고 일어나면 언제나 하나같이
그곳의 꿈을 꾼 길손처럼 먼 데를 향해 서 있었다

낙타들의 묻은 가슴에는 돌아갈 곳이 분명해
밤새도록 걸어야 닿을 수 있는 별이 하나씩 있었다

별에서 나서 별로 돌아갔다

저녁 가로의 시니피에

저녁이면 평화로워지기 위해 모두 안간힘을 썼다
얼마 남지 않은 새들의 잡담까지 숲에서 수거했다
종일 종종걸음이던 빗소리도 따라와 옆에 누웠다

가을비가 는적는적 따라다녔다

눈을 감았다

지금쯤
길고양이 피가로는 제 그림자 아래로 숨었을 때다
은사시나무처럼 비 맞던 사람들은 어떻게 되었을까

바닥을 움켜쥐고 비질에 항거하던 낙엽들
마당을 오체투지로 통과하던 침묵의 순례자들
젖으면 까라지는 순한 목숨들의 고요한 묵상을
고양이를, 거미를, 낙엽을, 품에 파고드는 오한을
이제는 돌아올 것 같지 않은 차가운 사람들을
부쩍 가을비가 자주 내리기 시작한 날들을

허약하고 비굴한 논리에 패하고 돌아와 누운 날의

모로 돌아누운 빗소리를 재우며
밖에서 아직 비 맞고 있을 웅크린 것들을 생각했다

저녁이 오면 무엇이든 평화로워지기 위해 누웠다가
그대로 가로가 되었다

가로는 가을의, 가을은 해묵은 침묵들의 요약이었다

가을 사진

사진 속 여자가 웃고 서 있다
사진 속 여자는 우는 걸 까먹었다
볼 때마다 소리 없이 웃었다
웃다 죽었다
우는 걸 본 사람이 없다
죽어서도 웃었다
남자가 여자의 웃음에 불을 붙이자
바람 빠지는 소리가 희미하게 났다

은행잎 같은 스님 둘이
요사채 툇마루 끝에 햇살처럼 앉아 있다

극락전 샘물 소리만 받아먹고 날아오른 멧새 떼가
절 마당의 샛노란 가을 햇살을 그물처럼 걷었다

남자가
염소처럼 불량하게 담배를 씹었다

팽팽하던 햇살 비늘이 핑해 튕겨 나갔다

뒤를 쫓던 절 그림자가 햇살을 놓치고
저녁 공양을 알리는 종소리가 느리게 터졌다

속이 빈 남자 하나가
절 아랫마을 버스 승강장에 늦도록 걸려 있었다

얼떨결에

시가 날땅콩이다
비리다
까서 볶았다
며칠을 두고 들여다보던 두 편을 또 버렸다
태웠다
맛이 빠졌다
너무 볶아 맛을 버렸다
들볶아 시가 되지 않는 것들이 있다
수북이 남은 땅콩 껍데기에 불을 붙였다
화르르 타고 사그라들었다
잔불을 헤쳤다
몰랐던 결에 피 땅콩이 묻어 들어갔던 걸까
탄 껍데기를 깠다
알맞게 익었다

어떤 것에는
불을 더 먹이는 대신
뜸을 들이는 시간이 필요했을 거다

어쩌다 시를 건졌다

어떤 날은 날땅콩 같은 시를 쓰고
어떤 것들에서는 여전히 비린 맛이 돌았다

안개로 칭칭 감겨 매달린
제 생각에 골똘해 있는 거미는 쓰지도 못하고
가을의 경계를 따라
해 짧은 날들이 촘촘히 들어서고 있었다

길고양이 피가로를 보셨나요

오지 않는 길고양이 피가로의 이름을 다시 묻듯이 적어 넣었다
그건 우리가 알 수 없는 별 이름이라고 해도 무방했다
그 가을이었던 건 밝혀지겠지만 거미로 써야 했던 것은 아닐까

거미와 길고양이의 가을
이 둘은 멀리서 보는 별 모양처럼 닮았다

시청 앞 오거리 교차로에서 신호에 걸려 오래 서 있던 동안
혹은 찢어발기고 온 서류 뭉치의 두통 같은 것들에서
점점 더 추워져 가는 새벽이면 어두운 별들이 먼저 저물었다
땅으로 떨어진 모르는 사람들의 이름이나 낙엽, 무당거미들은
오후쯤이면 그 별점 같은 것들이 감쪽같이 사라졌다

지금은 사라져 없는 플라타너스 가로수 옆 포도밭을

생각했다

　사라진다는 건 부당한 일이었지만 모두 그렇게 잊혀갔다
　보이지 않는 것들로 신을 만들고 오후가 되면 신들은
사라졌다

　거기가 어디쯤이었는지는 모른다
　바당*이었는지
　그랬을 거다, 비손 돌 하나 세우면 신당이 되었을
　검은 돌 신당이 널린 섬이었다
　온통 검은 돌로 가득한 바닷가에 난간 없는 계단이 가
파르게 선
　보통보다 좀 작아 보이는 등대가 하얀 벽 칠을 하고 서
있었다
　보기에도 이상하리만치 해안에 가까이 붙어 선
　누군가 바다를 향해 장작불을 놓기에 맞춤한 곳이었다
　희미하고 부드러운 불빛으로 해안선의 물결을 쓸어주
고 있었을
　어두운 바당에선 누구에게나 그런 돌아갈 곳이 간절했

을 거였다

　기도를 놓는 마지막 순간에
　신은 왜 하필 그제야 자신의 모습을 드러내 보이는 걸까

　기도의 쓸모는 그 사이에서만 유효했다

　"3D 로보틱"이라는 새로운 물결 모양의 광고판을 떠올
렸던 것은
　순전히 나중, 두고두고 아쉬울 가을 등대의 기도와 같
은 거였다

　＊바당 : 바다의 제주 방언

이백 년 동안의 고독孤獨

사느라 몹시 바빴다고 하자

이백 년 뒤에나 볼 수 있을 거라는 월식으로 술렁거리
던 저녁
　나는 잤다

백 년이 지나고 반쯤 자다 깨기를 거듭하는 사이에도
　무언가 참을 수 없는 말이 치밀어 오르면 며칠이고 걸
었다

그렇게 이백 년을 지난 나는 깨어 있고 당신들은 잠들
어 있다

월식을 마친 붉은 달이 떴다

별들의 사이는 사람들의 침묵처럼 멀고 이백 년을 고독
했다

붉은 달로 창문을 가린, 부패한 꿈의 방들을 지나서 왔다

북서풍으로 바람의 방향이 바뀌고부터

(먼지바람이 불고, 사람들이 죽어 나가고, 매일 붉은 달
이 떴다

불길한 문장으로 가득한 걸개그림들이 길거리에 내걸
리고

붉은 아가리들은 몰려다니며 닥치는 대로 먹어 치우기
시작했다

구더기들이 지목한 억대 같은 이들을 제물로 잔치를 벌
였다)

야비한 야만의 만찬에서 서로 침묵했다

모든 부패는 돼지 꼬리의 회한을 안고 고독하게 죽어갈
것이다

"처음 사람은 나무에 묶일 것이며, 마지막 사람은 개미
에 먹힐…"

허기진 밤의 어둠이 구멍 숭숭한 밀가루 빵처럼 부풀어
올랐다

이 부정한 문장은, 예언의 증험으로 남을 가능성이 더욱 커졌다

책상 위에 놓인 검은 자석식 전화기 손잡이를 거칠게 돌렸다
몇 번을 더 돌리고도 한참을 기다려서야 전화 교환원이 나왔다

"마르케스에 연결해줘요."
"가브리엘 가르시아 마르케스!"
"네."

세상의 본래 형상은 아직 간신히 유지되고 있었다

우리들의 만성절

종일 눈에 흐린 낙엽이 내렸다
길거리 널브러진 낙엽만으로도 걸음을 멈칫했다
찬 길바닥에 누인 아이들 같다

아이들은 떼로 몰려 만성절 전야 축제에 갔다
축제에 간 아이들은 아직 돌아오지 않았다
악마 들린 아이들도 섞였더라는 소문이 돌았다

망자들의 소식과 산 자들의 소식이 뒤엉킨 밤
악마들은 어디서나 산 자들 틈에서 되살아났다
언제나 산 자들 사이에서도 맨 나중 발견되었다

그렇지만 그건 그냥 하루 길거리 놀이였다

돌아오지 않는 아이들은
자기들 가면 뒤로 꼭꼭 숨어버린 게 분명해

그 많던 성인도 우는 아이를 돌보는 자도 없다

하루가 지났다
호박등을 따라나선 아이들은 사라져 없어지고
주인 잃은 가면들만 낙엽처럼 길바닥에 굴렀다

이제 곧 겨울을 알리는 축포가 터질 것이다

가면이 없는 아이는 눈에 실핏줄이 터지고
제 방 구석에서 구겨진 빨랫감으로 발견되었다
늦은 아르바이트에서 돌아와 이틀을 잤다고
아이에게선 쇠기러기 울음 같은 첫소리가 났다

악마들이 새끼를 치는 이틀이 지났다

오늘로, 모든 성인들의 축일이 끝났음을 알리고
조용히 방문을 닫아주었다

센서 등燈

전구가 멀쩡한 걸 보면 센서가 나갔을 거다
현관 등이 나갔다는 아내의 푸념은
나가서 돌아오지 않는다는 말로 들렸다
그러니까, 현관 등은 밖에 있다
아직, 그러니까
그러나 정확히 말하자면 센서만 나갔다
언젠가 그럴 줄은 알았다
속내를 잘 내보이지 않는 이 센서란 족속이
언제 보아도 좀 헤퍼 보이는 편이긴 했다
현관을 나가기 전 마지막 며칠은
아무 때고 벌컥벌컥 들어오곤 했다는 거였다
현관이나 등은 그대로 두고 나간 것만으로도
한편으로 마음 놓이는 일이기는 했다
돌아올 빌미를 남겼다는 것으로 충분했다
지금쯤은 어느 어둑한 담장 그늘 밑에서
길고양이 피가로와 어울려 지낼지도 모른다

그런 며칠이 지나갔다
집에서 가까운 사거리 못 미친 횡단보도에서

피가로의 낙서가 발견되었다

세상을 너무 오래 사랑했다.
이웃을, 친구들을, 애인들을, 술을, 담배를, 저녁 풍경들을,
한숨을, 쓸모없는 구름장이나 바람을, 새들을, 꽃들을, 잡담을,
통곡을, 부조리를, 부당을, 허약한 강변을,
사람을 사랑을 사람을 사랑을 사람을 사랑을 사람을 사랑을,
다시는
무엇도, 사랑하지 말아야지.

센서와 길고양이 피가로는
끝내 발견되지도 돌아오지도 않았다

등을 끌어내렸다

LED 등燈을 현관 등으로 새로 들이고부터
천장서 쏟아져 내리는 차가운 불빛으로 쓸어
현관 안의 어둠을 밖으로 몰아내기 시작했다

10. 29. 이태원

선 채로 눌려 죽어 픽픽 쓰러졌다고

아무 생각이나 떠오를 때까지 걷기로 했다
좁은 방 안을 빙빙 돌아 두 시간째 걷고 있다

걸었다

서서 눌려 죽었다
이 미친 생각을 도대체 멈출 수가 없다

1979년 신병 훈련소 23연대 샤워장

그날 각개전투 훈련 교장에
겨울을 재촉하는 늦은 가을비가 종일 내렸다
훈련병 단체 샤워 시간 5분이 주어졌다
누군가
샤워 꼭지가 달린 배관 파이프 밸브를 열자
공중 샤워 꼭지들에서 끓는 물이 쏟아졌다
뜨거울 사이도 없이 비명이 밀어닥쳤다

바글대던 것들은 순식간에 사방 벽으로 튀어
물에 풀어진 신문지 조각처럼 겹겹이 붙었다

북방산개구리새끼들
선 채로 나무토막처럼 픽픽 쓰러졌다고

낄낄거리던 악마의 잠깐 축제
그건 전우애와 양심 불량으로 종결되었다
불량한 시간에 갇힌 기억은 돌처럼 굳어졌다
대체 뭐가 잘못되었다는 건가 따위는
내게 묻지 마라
좁은 방 안을 빙빙 돌아 두 시간째 걷고 있다

문득, 줄에 목이 달린 외로운 개처럼
한 방향으로만 돌고 있다는 걸 깨달았다

예정을 벗어난 젊은 날은 이미 어디도 없었다

부엉이와 길고양이 피가로와 나

달밤
사거리 가까운 전주 꼭대기에 검은 것이 앉아 있다
운다

울음의 원점을 찾았다

나는 가끔
화가 선생들의 야생 부엉이 그림을 믿을 수가 없다
이 어두운 밤에 무슨 상상을 그리 꼼꼼히 했을까

내가 본 건 검은 울음덩어리
검은 길고양이 피가로와 별반 다르지 않다
기를 쓰고 전주 꼭대기까지 기어올랐을 피가로

단지 울기 위해
벙어리뻐꾸기처럼, 단신을 보내는 모스 부호처럼
피멍 든 발톱처럼, 풀리지 않는 제 목숨의 의문처럼

피가로가 우는 걸 본 사람은 아무도 없다

그건 피가로 가면을 쓴 부엉이도 마찬가지였을 것
낮 동안은 졸린 듯한 표정으로 모두를 속여 지냈다

낮고 부드러운 거짓말

아침 마당을 쓸다 보면 비둘기 깃털이 쏟아져 있다
손톱 조각처럼 흩어진 짧은 비명들을 쓸어 치웠다
짐작은 종종 쓸모없는 짐짝처럼 세상을 따라다녔다

밤 기온이 빠르게 내려가는 새벽
입김처럼 하얗게 쏟아지는 손톱을 바투 깎고 나서야
나는 이제 뜨거운 뭐라도 좀 마실 수 있을 것 같다

제 어둠의 먹통 방울을 흔들어 깨우는
울음의 원점을 찾다 보면 모두 거기서 흘러나왔다

3부

회유기回游記

생각하는 건 틀렸다
생각 없이 쓰는 건 더 나쁘다
시 같은 시를 쓰는 착시에 흔들렸다
자위와 자해가 피붙이라는 걸, 믿기로 했다
걸었다
생각이나 시 같은 것을 버리며 멀리 걸었다
산속에도 버리고 길섶 풀숲에도 버리고
흐리게 남은 예전 도살장으로 가던 길이나
국민학교 뒤를 흐르는 뒷개울에 흘려버렸다
우시장 모퉁이를 돌아 실습 농장 울타리 끝
알아보지도 못하게 늙은 백양나무 아래선
백양나무 수피처럼 뿌옇게 탈색한 시어들을
까마귀 우는 공터에 공손히 묻어주었다
동네를 슬쩍 비켜 돌아 난
국군병원 울타리에 의지해 시작한 산길에선
철조망을 벗어난 어린 백양나무 숲에다
까마귀 울음 부리를 문질러 닦아주고 묻었다
마른버짐처럼 번지다 멈춘
산등성 아무 데고 널린 무덤을 지나, 버렸다

산속을 다 돌아 나와
갑자기 나타난 시멘트 길에서 방향을 잃고
"카페 429-1 지내리"를 지나
시들고 마른 붉은 젖꼭지만 주렁주렁한
수유를 마친 11월의 산수유나무를 만났다

그 가지에다
잇몸 가려운 어린것들을 마지막으로 걸었다

이 겨울의 젖니 해끗한 11월은 이틀 남았다

황금 혀*

피란민과 함께 인민군 포로에 들었었다던 어머니

곧 좋은 세상이 올 테니
오마니 아바지 고조 말짱 집으루 돌아가
따뜻한 밥 먹구 뜨신 잠을 자라던 인민군의 설득을
형 둘을 당겨서 껴안는 침묵으로 두려움을 견뎠다는

그때 아버지는 무너지는 전선을 따라 후퇴 중이었다

그 한참 뒤로는 인민군보다
여자만 보면 "색시, 색시" 하며 쫓아다니는
코쟁이 미군 놈이 더 무서웠다는
우리말은 어떻게 그리도 빨리 배웠는지 하시던

어머니 나름대로 들으셨을 거란 생각에
우리는 내색도 않고 속으로 역겨웠지만
어머니는 평생 영어를 모르고 사셨다

소머리 표 민주공화당의 지지자였던 어머니는

빨갱이 김대중이 대통령 되는 걸 보고 나서야
우리 민주주의라는 허울에서 가까스로 풀려나셨다

소머리 표 민주주의는 소처럼 사람을 부리고
북으로 끌려간 큰외삼촌의 연좌제 늪에서
사골까지 우려먹고 나서야 어머니에게서 실패했다

여기서 나는
순수 공산주의자였을지도 모를 한 인민군에 대하여
질문이 생기는 것이다

나는 언제부터, 좋은 세상이 올 거라는 거짓말을
믿지 않게 되었을까

혀를 잘라버릴 테다, 황금의 혀

＊ 황금 혀 : 이집트 미라에서 황금 혀를 가진 미라가 발견됨. 이는 지하 세
  계의 왕이자 죽은 자의 심판자인 오시리스의 자비를 구하기 위함이었다
  고 전함.

그 겨울의 선택

나는
나와의 모든 작별을 가볍게 했다

그들은 천천히 잊었으며
그로 아무 일도 일어나지 않았다

새벽이면 붉은 겨울 하늘로 떠나는
떠나며 돌아올 것을 생각하지 않는

새들처럼

이제 기다리기만 하면 되는
구름 씨앗을 파종했다

한 번씩 오는 마당 눈을 쓸었다

그건 느리게 오는 편지와 같았다

원대리 자작나무 숲이나

동촌리 평화의 댐에서 온 것들로
느리게 퍼지는 저녁 동종 소리나
오린 노을 조각이 들었거나 했다

당목을 춤추듯 당겼다 놓으면
고래 울음이 놀 마루를 건너갔다

당신은 그때 가만히 눈을 감고
종의 몸통에 등을 기대보라 했다

당목이 당신을 우는 걸 알았지만

달리는 기차의 진동이나 포성처럼
나를 바로 관통하고 지나갔지만

나는 대체로 무심한 얼굴로 지냈다

단단한 어떤

어떤 것들의 나이는 단단하다

겨울을 시작하면서, 나이를 먹기 시작한다
겨울을 나며 자기 나이에 테를 둘러씌웠다
산 나무들은 자기 방식으로 홍골을 키웠다
매조지며 한 눈금씩 제 품을 넓혀갔다

산 나무들에 결이 박이는 한철
새벽으로 나무들이 더 단단해지고 있다
쏟아지는 초저녁잠에 누워 잠든 나무들도
하늘 붉은 새벽이면 정갈하게 일어선다
낮 동안을 아무 일 없었던 듯 서서 지냈다
저녁이면 나무도 누워서 잔다
누워서 잠을 자며 꿈도 꾸는 걸 모른다
들숨에 수많은 눈들이 새파랗게 눈을 뜨고
날숨 한 번에 꽃과 이파리들을 공중에 불고
하늘을 들이마시고 새들을 공중에 풀었다
다시 한 번 들숨에 가을이 들고
꽃이며 이파리들을 먼저 털어낸 가지에서

새들의 울음을 털어 바람에 날려 보내고
말라죽은 나뭇가지를 꺾어 어깨 눈을 털며
한철 한숨을 단단한 옹이로 아물렸다

겨울 나이들은 꽤 단단해서
비스듬히 켜 보면 무늬를 만들었다
겨울이 만든 매일의 켜들이 모여 결이 된다
나무 향은 거기서 나는 게 분명해 보였다

옹이박이처럼 나이를 먹는 어떤 이들에게선
이제껏 우리가 모르던 나무의 향이 돌았다

틈

늑대거미가 틈 하나 사이에 엎드려 있다
두 개의 발판 사이 벌어진 틈을 당기고 있다

벌판을 쏘다니던 거미가 죽었다
발판 사이 틈으로 들숨이 몽땅 빠져나갔다
빈털터리 늑대를 거기서 풀어주었다
날숨으로 빠져나간 늑대거미는 거뿟했다
엄마를 마지막으로 안아 올렸을 때도 그랬다
작고 거뿟한 엄마를 수녀병원에서 풀었다
허랑한 내 품을 빌려서였다
누구나 마지막 틈은 남의 힘을 빌려 건넜다
북어처럼 말라붙은 둘째 형은
나흘을 버티다 그 틈을 겨우 빠져나갔다
큰형은 느닷없이, 아버지는 한 달이 걸렸다
틈은 모든 경계의 모서리에 깃들어 지낸다
저승 뒷다리 같은 을씨년스러운 틈이 널렸다
누군가의 병문안을 다녀와 늘어진 저녁처럼
갑자기 생각난 듯 틈을 들여다볼 때가 있다
매일 하나씩의 틈을 건너며 어디로 간다

도무지 요지부동인 틈 하나를 부둥켜안고
밀었다, 당겼다, 흔들었다, 들여다보는 저
시간의 틈에서 나고 물상의 틈으로 돌아간다
돌아갔다는 전언만 남겼을 뿐 어디에도 없다
우리가 안다고 믿었던 것들은
외로움을 피해 스스로 꾸며낸 거짓인 것이
더 분명해졌다

까마득하게 열린 틈 아래로
시퍼런 시간의 여울이 잘도 흘러가고 있었다

마지막까지 빛이 드는 건 그 틈새로였다

빛을 먹는 자들의 밟고 선 마지막 발판이었다

'눈'이라는 열린 괄호

하늘이 종일 끄물대던 끝으로 저녁이 오고 이제부터 눈
이 좀 내리면 좋을 것 같았다

'눈'을 생각하며 자판을 두드리자
컴퓨터 모니터 위에 "sns"로 찍히는 문자들이 펑펑 쏟
아지기 시작했다
자판을 한글 모드로 바꾸지 않았던 것
소셜 네트워크 서비스
온라인불특정타인관계망구축정보관리도움서비스이용
자새로운인맥기존인맥관계강화
강화 강화 강화 강화
강하
눈이 까맣게 쏟아졌다

그러니까 바꾸어 말하자면
우리는 대면 없이도 당신이 누구일 필요도 없으며 정보
관리는 이들이 알아서 할 거고
이용자는, 새롭거나 기존 인맥이 있거나 비었거나, 오직
관계만 강화하란 말쯤 되겠지

예보되었넌 눈은 먼 고장을 주로 내렸다

저녁이 오자 싸락눈 같은 사람들이 골목을 급하게 빠져
나갔다

골목을 빠져나오는 바람의 기울기에 따라 그때마다 속
도나 방향이 조금씩 바뀌었다

근 달포 만에 전화를 받았다

언제 보았는지 기억도 가물거리는 그에게서 걸려 온 전
화가 유일하다

두 주 뒤로 만날 약속이 잡혔다

칸 넓은 소괄호 같은 사람들이 산다

괄호 열고 괄호 닫기까지가 아주 먼, 혹은 아직 닫히지
않은 괄호를 사는 이들이 있다

자기 설명을 유예하였거나 아예 설명하려 들지 않는 사
람들

눈은, 밤늦게 조금 내리다 새벽에 그쳤다

겨울치고는 포근한 날씨 때문이겠지만 내린 눈은 바닥을 살짝 덮고 군데군데 녹았다

눈 온 다음 날은 거지가 빨래한다던데, 새벽은 한파 경보가 예고되어 있다

찬바람이 불기 시작하고, 내린 눈은 녹다 말다 그대로 여기저기서 얼어붙기 시작했다

사람들의 겨울이 다시 시작되었다

폭설

자는 사람들의 꿈이 길거리로 몰려나오는 자정쯤 눈이
그쳤다
쏟아져 나온 꿈들은 밤새 눈길을 돌아치다 길을 잃고
말 기세
꿈이 달아난 줄도 모르는 사람들은 멀쩡한 얼굴로 일어
나겠지

폭설이 그친 밤 0시 55분 멀리 지나가는 헬기 소리가
들렸다
야간 비행을 하는 군용 C-130 기종의 기내 모습이 펼쳐
졌다
어둑하고, 어딘지 약간 들뜬 기내 공기가 달큰하게 느
껴지는
엔진 소음으로 가득한, 내장을 비운 생선 같은
목어였을지도 모르지, 그 말이 왜 이제 와서야 생각이
났을까
공회전을 한 것으로 보아 이미 강하지역에 들어섰음을
알았다
지상이나 기상 상태가 안 좋을 거란 건 모두 짐작하는

터였다

아니면 조종석에서 지상의 강하 표지를 잠깐 놓쳤거나

강하 준비를 알리는 수신호가 떨어졌다

그물 의자에 의지하고 앉은 엉덩이를 털고 자리에서 일어섰다

비행기 문이 열리고, 이어 그린 라이트에 불이 들어올 거였다

새파랗게 젊은 애들을 공중에다 쏟아버리고

홋배를 앓는 짐승의 신음처럼 으르렁거리던 비행기는 돌아갔다

곧바로 온통 폭설을 뒤집어쓴 지상 풍경이 흰 이빨을 드러냈다

그마저도 예비 강하지역이란 걸 알기까진 오래 걸리지 않았다

예상 밖의 억양을 쓰는 사람들의 동네였다

목적지까지는 걸어서 이동해야 하는 거리만 100km가 넘었다

걸었다

폭설을 만나면 거리를 걸어서 이동하는 사람들이 부쩍 늘었다
더러는 아주 먼 곳까지 걸어가 부러 길을 잃어 보기도 하고
이제껏 속에 묻고 지낸 일들이 한꺼번에 덜컥 이해되기도 하는

집까지는 멀고 누구에게든 세상이 갑자기 환해져 그랬을 것이다
그건 특별한 사고였다

폭설은 고립을 부추겼지만, 그로 인해 환해지는 시간이기도 했다

한파경보

대파는 밭에서 말갛게 얼었다
날파에 거는 기대보다
한파가 빠른 걸음으로 덮쳤다
이젠
움파를 기다려야 한다
여러 날 전부터
동파 주의 메시지 알림음은
고질적 불안장애를 겪고 있다
동파육을 함께 먹자던 약속은
그렇게 해서 취소되었다
작파에 빠진 이 사단은
한파에서 모두 시작된 일이다
생파 작당 또한
파안대소에서 그칠 일이지만
노파심에 조바심이 일었다

언파言罷

새벽 수도꼭지 속에는 얼어드는 생각들이 바글거렸다

열면 바로 얼음 알갱이가 쏟아졌다
그렇게라도 흘러보려는 생각이 갸륵했다
겨울이면 모두 저마다의 방식으로 흘러보려고 애썼다
창유리에서는 얼음이 모세혈관처럼 자라나기 시작했다
얼음꽃이 느리게 피어났다

하얀 겨울 응달을 덜덜 떠는
차고 빛나는 것들이 눈어림 방식으로 흘러가고 있었다

2023. 01. 01. 00:00

리셋되었다

웅크렸다
나를 멈추자 온통 고요해졌다

듣고 보는 것이 없으니
시비가 사라졌다

사흘이 고요하다

아픈 거다

나는 나무인가
마당에서 겨울 앓는 그것인가

도둑고양이 우는 걸 보았다는
어수선한 소문이 잠깐 돌았다

그건 돌발 사고였다

보았다는 건
보고 싶은 대로 보았을 것

바람을 듣는 귀는
어디서 먼 지방을 떠돌고 있다

새해 첫날
첫 휴일부터

식구들은 모두 제 길을 떠났다

김으로 흐린 창을 자주 닦았다

아버지였다

기도祈禱

내 속에는
나의 화를 먹으며 자라는 괴물이 있습니다
화를 더할수록 강해지는 자입니다
대적할 수가 없습니다

저것을 가엾이 여기소서

말씀은
기쁘지도 슬프지도 않고 다만 환합니다

무인지경 들판에서 만난 소나기 같습니다
소나기 개며 열리는 하늘 같습니다

실바람이 불어와 잠의 이마를 짚고 갑니다

가엾는 심경으로 고요히 바라보게 하소서
그리하여 마침내 산들바람이 되게 하소서

항상 그랬을 것이나

그것이 슬픔 가득한 모습의 본래였던 것을
이제는 알겠습니다

꿈에서 문득 깨어
서러운 당신께 의탁합니다

소한小寒

더러더러 꺼멓게 얼었더라는 꽃소식이 올라왔다
  섬진강 마을에는 올해도 매화꽃이 어김없이 피고 있더
라고

  소경이 소경韶景 주무르듯

  저지르고 보자는 무례한 키오스크 방식에 익숙한 애들
이나
  나른한 엘리베이터 버튼 점자를 들여다보다 한 발 물러
서는
  그들은 알고 도통 무슨 소린지 몰라 짐작으로만 사는
나나

  동파경보가 일상이 된 겨울
  그 겨울의 중심에서도 가장 춥다는 날

  키오스크가 건축물 구조 어쩌구 하다 핀둥이나 먹는
  샘밭강 강물 위에 들뜬 살얼음 와싹 주저앉는 소리

정람 아우는 포항서 대구를 부쳤다는데 이건 또 뭔 말
인지
영험하다는 팔공산 갓바위가 왜 포항서 오고 있다는 건지

춘배 형의 입춘서 회춘 대길은 멀고 난 꺼멓게 얼어드
는데
소한에 매화라니

당신에게는 봄이 드는지

"어쩜 이렇게 두 시간에 한 번씩 깨는 걸까?" 잠 덜 깬
말로
당신을 내 귓전에
봄바람처럼 불어오는지, 기대는지, 숨소리조차 따듯하
던지

소한에 매화라니, 밤새 눈은 내리고 자면서도 어찌 환
하던지

206*에 53

서랍을 쏟았다
서랍 속을 새로 정리하기 위해 뒤집어엎었다
자주 쓰는 것들과
버리기 애매한 것들을 분류했다
약간의 먼지와 잡동사니들 그리고
대체 왜 모은 건지 알 수 없는
내용물이 빈 필기구들 몇이 빠르게 모아졌다
오래 가난했던 정신의 유산으로
무엇이든 쉽게 버리지 못한다
생각의 틈을 안 보이려고 들고 일어서려는데
뼈마디의 비명이 한 발 앞서 일어선다
54개의 마디를 움직여 다시 정돈했다
잃은 것은 없다
고요하게 앉은 먼지의 무게만 서랍을 떠났다
다시 정리된
잡동사니들과 쓸모를 잃은 필기구들이라니
남은 진통제 붉은 알약엔 시퍼런 밤의 기억이
AAA 건전지에는 가늘게 남은 흐린 기대가
이빨 벗은 지퍼 슬라이더의 허탈한 헛웃음은

어디로 빠져 달아나고 싶은 지루함이었을까
생일 선물로 받은 게 분명한 낡은 만년필이나
편지 쓰기에 맞춤한 필기감이 부드러운 볼펜
색색이 예뻐서 시를 써야겠다고 사들였던
그대로 잉크가 굳어버린 컬러 펜들
귀가의 갈피를 잃은 밤에 남겨진 동전 몇 닢
작은 조개껍데기나 구슬 같은 자갈들
앙증맞아 구입한 스테이플러는 가장 안쪽에
그 동족이 찍어 누르고 간 핀의 자국은
요추 4번과 5번을 지나며 지네발처럼 남았다

대체로 조용한 대부분을 제자리에 다시 앉혔다
생을 지지해 온 206개의 마디 중, 잃은 건 없다

벽 위에 의사義士의 왼손 짧은 무명지 손도장을
아프게 바라보기만 했다

* 206 : 성인 온몸의 뼈는 206개라고 한다. 양손은 54개.

눈 내리는 밤

사방 깜깜인데
외등 아래만 눈이 내린다

낮은 지붕을 물끄러미
설마 그럴까마는

당신 보이라고
불빛 안으로 눈이 내린다

자는지, 자는지
싸륵싸륵 눈 내리는 소리

당신 오도록
다 들리겠는데

둥그러미 서서
숫눈을 켜켜이 놓고 있다

둥그렇게 모여 서서

헌화처럼
골목 어둠을 털고 가라고

겨울 파꽃

사람 넷, 노후 경유차 하나
도합 이백일흔여덟 살이 한 뭉치로

애막골* 언덕을 헐헐 오르고 있다

흑일점은 만만한 운전기사
셋이서 갈비탕을 먹으러 가는 날

하나는 머릿속 지우개를 단 여자
다른 하나는 큰 모자가 달린 여자**
마지막 여자는 수몰 학교 동창생

언제가 마지막일지 몰라
엿가위 치며 활개춤을 춰도 되겠는

백아흔다섯 살을 나눈
셋이서 갈비탕을 먹으러 가는 날

겨울날의 강추위가 제법 풀린 한낮

애막골 언덕길을 애먹고 있다

신기루 같은 겨울 파꽃 세 송이가
둔덕을 넘어오는 바람에 흔들리는

* 애막골 : 춘천에 있는 향명 중 하나
** 큰 모자가 달린 여자 : 본 시집을 준비하는 중에 유명을 달리했다. 명
복을 빈다.

눈사람

눈 내리는 밤
모두 걸어가는 눈길에 한 사람이 서 있다

길을 가다 가만히 멈추어 서서
아는 얼굴처럼 오래전 꿈을 꾸는 사람들

허리 굽혀 꿈을 들여다보는 사람

밤사이 폭설은 더 내려 길은 묻혀버리고
작은 한 사람이 안 보인다

틀로 찍어낸 눈 오리들을 끌고 사라졌다

역 대합실을 사는 사람들 사이에서

밤새
새로 접수된 실종 신고는 한 건도 없었다

눈이 내리면 누구나 먼 고향집으로 떠났다

4부

가짜 버스 정류장*

오늘도 버스는 오지 않았다

그는 집에 가고 싶다

*

집으로 돌아가야 한다.
거긴 하늘빛을 닮은 것들이 산다.
검은색 비닐 표지 노트를 펼쳤다.
'집에 가고 싶다.'
페이지마다 같은 기록이 남아 있다.
내내 그랬던가 보다.
집을 대체 어디에 숨겼을까.
한 페이지를 더 써넣고 덮었다.
좀 있으면
상냥한 여인이 나타날 때가 되었다.
그림자보다 조용히 다녀간다.
매일 이맘때면
배송 취소된 우편물을 찾으러 온다.
안됐다.

무슨 일인지 버스는 오지 않았다.
*

미래에서 오는 버스는 오지 않았다

우리에게 잃을 것이 있다면 다행히
아직 오지 않은 미래밖에 없었다

* 가짜 버스 정류장 : 인지 장애 환자 요양 시설에서, 환자가 과거의 기억
으로 귀환하려는 특성을 감안하여, 그들의 시설 이탈을 막고 행려를 막
기 위한 수단으로 시설에 설치한다는 가짜 버스 정류장

눈밭

겨울이 가려는지
진눈깨비를 사흘 퍼부었다

들이며 마을이며
산이 어디고 나무가 어딘지
하나로 덮은 끝없는 눈밭

어디쯤 가는지

'가마' 하고 오는지
'오마' 하고 가는 건지
나흘이 지나도록 감감한지

오가는 게 다 무슨 말인지
나는 여기서 살고
여기가 아직도 그렇게 먼지

당신도 적적해 그러는지
창문까지 몇 번이고 다녀오는 것이다

방금 새로 생각이 난 것처럼

지금 밖은 눈이에요

청솔가지 눈 터는 소리
숲으로 가는 길은 환해서

자면서도
눈벌판은 하도 환해서

들떠서

밤마실을 다녀가는
긴 한 줄, 고양이 발자국

가루눈은 공중에 날리고
발은 젖어 푹푹 빠지는데

바람이 들고 일어서는 저
자욱이 환한 세상

오!
모두, 잘 지내고 있었구나

눈 내리는 강

지금은
새들이 강으로 쏟아져 내릴 시간

돌아온 새들은
공중을 수시로 버리고

얼지 않는 강물에 사로잡힌 새들이
하염없이 지고 있더라는

낙화

난분분히

새들이 눈으로 쏟아지고 있더라는
눈부신 거짓말

1월 25일

이 겨울 가장 추운 밤

바람이 추웠나 봐요

문을 자꾸 흔들어요

바깥문을
흔들고 가요

나는 괭이잠을 자며
실눈을 뜨고도

한참을 흔들려도
모른 척

괜히 자는 척이에요

밖으로 열리는 문이
얼어들고 있어요

바람 중중대는 소리가
들려요

괜찮아요
곧 괜찮아질 거예요

자고 나면 모두 다
괜찮아져 있을 거예요

내일은 더 추워질 거란
예보가 이미 있었다

"내일 일은 난 몰라요*"

* 내일 일은 난 몰라요 : 찬송가

적우 赤羽

드러난 커피 잔의 바닥을 들여다보는 동안
이적을 남기고 떠난 사내들 이야기를 했다

이 세상을 살고 간 수없이 많은 사람들 중
신이 된 사람은 몇이 되지 않았다

그들은 혜안의 시인이며 혁명가들이었다

그들도
죽고 나서야 신이 되거나 신에 가까워졌다

그의 사랑과
예수라는 한 사내를 사랑한 추억에 관하여

붉은 한 줄기 빛으로
1억 5천만 킬로미터를 오로지하여 날아온
8.4분의 진공과 고독과 노을을 이야기했다

도무지 광막한 진공을 가르고 온 고독을

그 쓸쓸함을 배경으로 펼쳐지는 저녁놀을
우리가 저물어가면서도
신이 된 이를 사랑할 수밖에 없는 순정을

사랑이라는 이름으로 불리는 항성이 저무는
저녁 하늘을 눈 시리도록 오래 바라보았다

"빛이 있으라 하심에"

발심하여 죽어가는 것들이 다시 그리운
날이 쉬 저물고 귀 우묵한 겨울 저녁이었다

뒤죽박죽 영하 23도

하루 한두 번은 들렀다 가던 길냥이 피가로가
일주일째 모습을 보이지 않고 있다

수도계량기 동파 소식이 여기저기서 들려왔다
줄줄 새는 것들의 계량이 불가능해졌다

난방에 쓸 기름값은 두 배나 더 뛰고
실내 온도가 영하 4도까지 가파르게 떨어졌다

전기나 정유 업자들은 돈 잔치를 벌인다던데
감빵 살던 사기꾼은 면죄부를 받고 희희낙락
휠체어 타던 놈이 벌떡 일어나 집으로 뛰었다

얼면 어쩌나 싶어 새벽마다 강둑길을 걸었다

예수의 기적이 있었다
강물이 흐르도록

새벽이면

멀리서 온 오리 떼가 강물에 제 몸을 담그고
얼어드는 강을 녹이다 갔다

이 겨울, 가장 춥다는 날도 강은 얼지 않았다

기적은 그런 것이었다

눈이 자주 내리기 시작하고
좁고 긴 골목 안을 구부정해 떠돌던 눈안개가
얼지 않는 강 쪽으로 꾸역꾸역 떠밀어 나갔다

돌덩이처럼 굳어진 멸치 똥을 발랐다
대가리까지 똥이 들어찬
변비에 걸린 짐승들은 여전히 먹고 낑낑거렸다

그럼에도 새벽 눈길을 누군가 멀리까지 쓸었다

길이 장하고 시원했다

치타공*의 철까마귀들

치타공의 철까마귀들은
철사로 둥지를 짓고 푸른 알을 낳아 철까마귀를 부화한다
철의 대물림 방식이다
한 번 붙들리기만 하면 절대 헤어날 수 없다는 고철 늪은
1톤으로 잘려진 팔천 조각으로 해체되어
일당 2달러짜리 인간 스무 명의 어깨를 타고 옮겨진다
고철을 잘라먹고 사는 2달러의 가난은 힘이 세다고 했다
안 보이는 사람의 희망이 후판 속 깜깜한 벽을 두드리자
펄에 갇힌 폐선박의 옆구리를 가르고 불이 쏟아져 나왔다

마흔일곱 살 모하메드 러픽은
'인력거를 끄는 아버지가 창피하다'는 딸의 말 한마디에
자신을 이곳에 처박아버렸다
스물한 살 벨랄은 택시 살 돈 팔십만 원을 벌기 위해
십 년째 일을 하다 가스 절단기 사용의 숙련공이 되었다
열두 살 되던 해에 이곳으로 왔다
고향에 있는 얼마 전 태어난 벨랄의 딸은 눈이 안 보인다
어린 아내의 영양실조 때문이었을 거라며 자신을 탓했다
가난한 사람들의 희망은 자조를 먹고 자란다

삶이 끝장나고 울고 싶어질 때마다
악을 쓰며 희망을 비웃고, 제 생을 조롱하는 노랠 부르고
아무 때고 막 죽어 나가는 날마다의 운명에 침을 뱉었다
현재 이 자리의 신산은 지나간 희망의 비명이고 미래엔
그 자리에 무엇이 들어서게 될지 여기선 아무도 모른다
오늘도 열 살과 열한 살 아이 둘이 몰래 허드렛일을 하다
어쩌다 들르는 감독관의 눈에 걸려들었다
'계속 일을 시키면 십장은 해고'라는 으름장을 놓고 갔다
십장이 아이 둘을 위해 동정을 구하는 울상을 지었지만
으레 지나듯이 하는 감독관의 말이 늘 그랬던 것처럼
이 아이 둘은 이제부터 재빠르게 나이를 먹으면 그만이다
치타공의 철까마귀는 녹슨 알에서 철까마귀를 부화한다
푸른 아가리를 벌려 울면 잘 지워지지 않는 녹물이 흘렀다

텔레비전을 꺼버리고도 한참이나 잠들지 못하고 뒤척이는
내 정수리에서도 붉은 녹물이 흘러내리기 시작했다
  잔뜩 흐렸던 하늘에서 겨울비라도 좀 내리면 좋겠다 싶
었다

* 치타공 : 방글라데시의 항구 도시, 폐유조선이나 폐화물선의 해체 작업장
  이 밀집해 있음

이월異月, 그 푸르른 시절의 쌤

등 뒤로부터 "쌤"이라고 불리었을 때도
그가 뒤를 돌아볼 이유는 없었다

누군가의 선생이었던 적이 없었으므로

언제나 그저, 다행히 그때도
여전히 누군가의 애인이거나 친구였다

거침없이 늙은 헛것이었다
강가나 어슬렁거리는 한가한 개였다

짧은 윤이월이 종종걸음을 치던, 그러나
여느 때처럼 놀메* 길을 가던 혼자였다

끝에서 빠진 하루를 찾아 나선 길
썩은 달에서 하루가 왜 비는 걸까

세월교**쯤에 내걸린 망자의 윤달이
길 끊긴 다리 위를 거꾸로 가고 있다

죽은 자의 짐을 풀어 뒤적이다
누구였을까, 그 푸르른 시절은 도대체

하루가 빈다

마지막 날을 반쯤만 살다 간
어수룩한 어림셈에서 하루가 빠진 걸

나는 그를 모르고 그는 어린아이 같은
개는 주인을 잃고 주인은 개를 잃은 날

생에서 낮이 가장 길었던 손 없는 날
무지개다리를 건너가는 이사는 순조했다

* 놀메 : '천천히'의 방언
** 세월교 : 소양강을 건너는 춘천 샘밭에 있는 통행이 금지된 다리

봄의 전문前文

세상의 길거리들로 흘려보낸 모든 거리로부터
날빛을 거둬 돌아온 새들로 저녁 숲속이 붐볐다
거둬들인 날빛은 새들이 먹고 숲이 어두워졌다
마지막으로 숲 가장자리 노을마저 깨끗이 핥고
검은 주둥이들이 그 자리에 들어섰다
풀떡거리던 숲의 소란이 잠깐 새 펄럭 저물었다
핸드폰이 덜컥 망가지고 수리를 맡기지 못했다
이제 세상에 남은 빛이라곤
숲속에 든 검은 새들이 노란 눈알을 부라리는
늦은 밤, 느린 점멸 신호가 전부였다
모두 침묵하는 내일의 전망은 시계 제로
잠을 멱살잡이하는 불면의 선언이 항상 그랬다
불면의 벼랑을 따라 걷다 보면
그늘마다 남은 눈을
까마득한 날의 벼랑이 완강하게 그러쥐고 있다
봄은 아직 우리 것이 아니다
봄은 먼 데서 오고 우린 아직 절벽처럼 어둡다
어두워질수록 침침한 기침 소리가 더 낮아지는
사각거리는 곁이 그리워 덜컥 멀었다

그런 춘궁春窮의 봄을 통과할 비자 연장을 위해
그녀가 더 큰 도시의 병원으로 새벽길을 떠났다

새벽마다 안개 짙은 날들이 이어지고
기침을 호소하는 사람들로, 병원 골목이 붐볐다

외출

혼자 돌아왔다

두고 온 우산을 해 맑은 날 찾으러 갔다

혼자 돌아왔다

느른해 낮은 구름 아래나 쏘다니고 있을
늙은 개의 목줄을 쇠말뚝에서 풀어주었다

멀쩡한 우산 한 자루 같은 것들이
비만 그치면 사라지고 돌아오지 않았다

망가진 우산을 수선하던 집도 없어졌다

풍물 시장으로 곰피*를 사러 나간 아내는
지금쯤 또각또각 돌아오고 있을 시간이다

아내가 와서 외출을 발견할 때까지
며칠이고 닫혀 있을 현관문을 생각했다

이렇게 맑은 날

마당에서 집까지는 멀고
쉬어가자고 느티나무 그늘에 주저앉았다

잠깐 졸았는지

무한 루프로 돌아가는 새하얀 영사막에서
이해하기 힘든 메시지들이 가물거렸다

검불처럼 확대된 먼지들이 자꾸 헛돌았다

* 곰피 : 이른 봄에 나는, 일명 쇠미역이라고도 하는 해초.

웃는 사람들

웃는 모습이 닮아 같이 사는 사람이 있다
같이 살다 웃는 모습을 닮는 사람이 있다

웃다 닮는다
닮았다는 말에 마음 놓였다

거울을 보다 웃었다

문자 메시지를 보냈다
그거 알아 우리가 서로 닮은 거

활짝 웃는 이모티콘 답장이 왔다

한껏 멋지게
웃다 매혹에 빠져 같이 사는 사람이 있다

먼저 도착해 기다리는 5분 사이

아뿔싸

길에 오고 가는 사람들이 모두 다 닮았다

강물 소리

가마우지들이
낚시꾼들을 먹어 치운 게 분명했다

오늘 강에는
송어 낚시꾼이 하나도 없다

물 위로 드러난 바위에 올라서
젖은 날개를 벌리고 기도하는 새

한동안 무심하던
신의 응답이 있었는지

자주 눈에 띄던 낚시꾼 중 하나를
바위에 풀어주었다

뒤로 크게 휘었던 사내가
번한 하늘을 짚고 흔들거리다
바로 섰다

텀벙

게으른 기지개를 켜며
늦은 하품을 하며
졸다, 부르르 떠는 강

한 번씩 소스라쳐 깨어나는 강물 소리

한번 떠내려가면 돌아오지 않는 날마다
봄은 남은 날로 허기를 속여야 한다

강가의 늙은 미루나무에서 겨울을 나던
흰꼬리수리도 제 길을 떠났다

갑자기 물속을 쫓기 시작한 가마우지
사실 생에서 달아나고 있었던 게 맞아

텀벙 날아올랐다

봄날은 간다

잡은 손을 놓치면 마주 보고 힘껏 웃었다

사거리 횡단보도를 뛰어 건너다
손 놓치며 비닐봉지를 길바닥에 쏟았다

비닐봉지서 쏟아진 부스러기 채소들과
허리 구부려 마주 보며 힘껏 웃었다

이마에 핏대를 세운 신호등이
퍼렇게 웃다 뜸을 들이다 붉어졌다

웃음을 줍는 동안 차들은 서서 기다렸다
급히 뛰어 건너던 봄이 길을 마저 건넜다

봄은 폐지를 줍는 길고양이
희망이라고 부를 수 없는 희망이었다

희망이 길을 마저 건너자 길이 끊겼다

쏟은 채소를 스키드마크로 갈아붙이며
모퉁이를 비켜 돌아가던 길이 힘껏 웃었다

가다 서다 허옇게 웃다 울다, 봄날이 갔다
가망 없는 호시절이었다

자전거와 나

자전거 타는 법이 나를 잊지 않았다

여기서 여기로 넘어지지 않으려고 달리는 거야
넘어가는 쪽으로 핸들을 꺾어야 바로 설 수 있어
그들이 노리는 건 주로 안면이야
복서는 정타를 귀로 스치듯 맞아야 기회가 오지
중심을 뺏기 위해 정면으로 밀고 들어오는 힘은
몸으로 둥글게 말아 흘려버리듯이 길을 열어주면
주체할 수 없는 제힘으로 흘러가 버리지
맞선다는 건 흘려버리듯 기쁘게 맞아들인다는 것
자전거를 타는 궁극은 무사히 내리기 위해서야

겨울이 또 하나, 무사하게 지나갔다

공간과 세계의 확장,
낮고 부드러운 생生의 기록

김정수(시인)

유기택 시인의 아홉 번째 시집『고양이 문신처럼 그리운 당신』(달아실, 2024)은 특정한 시간과 공간에서 마주한 일상과 사물, 그리고 생각(상상)과 사유를 은유의 그물로 포획한 '시의 요체'라 할 만하다. 시인은 '샘밭'이라는 삶의 터전에서 만나는 사람들이나 자연 사물과의 내밀한 교감을 빼어난 솜씨로 형상화하고 있다. 춘천 "샘밭강"(「소한小寒」)의 변화무쌍한 날씨와 "사람들의 침묵처럼"(「이백 년 동안의 고독孤獨」) 고독한 시간은 작고 쓸쓸한 공간과 상호 작용하면서 한 편 한 편의 시로 거듭 태어난다. 생성과 소멸을 거듭하는 '샘밭'의 일 년은 시공간 그대로 시의 원천源泉이다. 끊임없이 시가 흘러넘친다. 사계 중 가을부터 봄까지 보고 겪고 느낀 것들을 시의 형식을 통해 기록한 '개인 소사小史'라 할 수 있다. 시인은 작은 서사에서 누락된 계절, '여름'을 통해 침묵할 수밖에 없었던 개인사적 아픔과 슬픔, 시대적 상황을 에둘러 표현하고 있다. 시적 이미지와 문장의 부재는 그 모습 그대로 재현 불가능한 상황에 대한 무언의 반항, "희망이라고 부를 수 없는 희망"(「봄날은 간다」)이다. 삶의 터전 밖에서 들려오는 위태롭고도 안타까운 소식에 시인의 내면에는 "화를 먹으며 자라는 괴물"(이하 「기도祈禱」)이 자라기도 하지만, "슬픔 가득한 모습의 본래"을 유지한다. 끝내 "온통 젖은 세상"(「고양이 문신처럼 그리운 당신」)을 '외면'할 수 없었던 시인은 서정의 '안쪽'에서 세상의 '바깥'으로 조금 더 자리를 틀어 앉지만, 삶의 공간을 벗어나 행동하거나 현실참여의 '위치'로 방향을 틀지는 않는다. 다만 인간의 내적 감정이나 정서를 표현하는 서정抒情의 범주에서 슬쩍 벗어나 개인의 주관성에 기초한 '자아의 세계화와 동일성'이라는 서정시의 영역으로 한 걸음 더 내디디는 결과로 이어진다. 또한 이에 머물지 않고 자신과 닮은 것으로 채워진 세계에 균열을 냄으로써 자아에서 타자로, 타자에서 공동체로, 더 나아가 인류의 보편적 슬픔으로 시 세계를 확장해 나아간다. 시인은 타자나 공동체로의 전환 과정에서 시적 의도를 겉으로 표출하는 대신 풍자나 은유를 통해 철저하게 숨김으로써 개성의 진폭을 확장하는 동시에 시적 완성도를 높여간다. 한데 이 지점에서 생각과 행동의 괴리와 갈등 그리고 연민과 죄의식이 자아에 스며든다. "생에서 달아나고 있었"(「강물 소리」)다는 회의 어린 반성도 찾아들고, 오래된 생존 공간에는 고독과 죽음이 틈입한다. 이런 틈입은 시와 삶, 생명을 되돌아보게 하는 한편 관계의 소중함, 길고양이와 같은 '애착' 동물이나 사물에 관심을 집중하게 한다. 한층 깊어진 관계성과 성찰적 사유는 다시 시를 쓰게 하는 원동력이 되고, 이들은 서로 '순환의 고리'를 형성한다. 한 공간에 오래 머물며 시만 쓰는, 자칭 "일용직 시 노동자"('시인의 말')의 삶의 풍속도다.

바람을 맞고부터

분을 삭이지 못한 생은
먹을 때마다 한 숟가락씩 흔들렸다

헛제사의 모욕과 멱살잡이를 했다

손가락이 숟가락을 엎었다

그를 바닥에 쏟았다

제삿날을 넘겨 그가 갔다

공중을 떠가는
나뭇잎 한 장보다 가벼운 생이라니

말의 벌판을 가로지르는 바람은
생에 대하여 대체로 비협조적이었다

바람이 헛것을 이겨 먹었다
—「바담 푼風」 전문

　　보통 시집 첫머리에 놓인 시나 표제로 사용한 시는 시
집의 성향이나 방향성을 규정하는 경우가 많다. 이번 시
집이 일 년 동안에 쓴 시를 묶은 것임을 감안하면, 첫머리
에 놓인 시 「바담 푼風」이 가리키는 풍향계를 주목할 필요
가 있다. 물론 전체 수록 시 가운데 가장 먼저 쓴 시일 수
도 있다. 하지만 제목에서 '바람'의 어의가 '바람 풍'이 아
닌, '바담 풍'도 아닌 '바담 푼'이라는 것은 진실(삶)이 빚
어내는 세상이 얼마나 왜곡되고 허황한 것인지를 상징적

으로 보여준다. 자신의 잘못을 인정하는 듯하지만, 정작 타인에게만 잘하라고 하는 모순이다. 이런 모순은 "바람을 맞"는 순간에 시작되고, 그 끝은 결국 죽음에 이른다. 몸에 든 바람風은 분憤을 불러오고, 너무 억울하고 원통한 마음은 병을 더 깊게 하는 결과를 초래한다. 평소의 몸이 미풍이라면 중풍이 찾아온 몸은 태풍이다. 몸이 아픈 건 참을 수 있지만, 자책이나 모욕은 삶 자체와 인간성을 파탄 나게 한다. 몸과 마음의 상처로 삶의 풍향계가 심하게 요동친다. 숟가락이 상징하는 생존의 기본 조건마저 흔들어댄다. 혼자 숟가락질을 제대로 할 수 없는, 즉 정상적인 삶을 영위할 수 없는 상황에서의 선택은 '숟가락을 놓다'라는 속담이 제시하는 죽음의 이미지다. 시인은 '헛제사'와 '제사'를 통해 인생의 덧없음과 가치, 남겨진 자들의 도리와 말의 가벼움을 지적한다. 몸에 들어온 바람이 '헛'이라면, 풍이 들기 전의 몸과 마음은 '참'이다. 중풍은 현재의 삶뿐 아니라 그 전마저 "가벼운 삶"으로 전락하게 한다. 그러므로 바람에 흔들리는 삶은 참이 아닌 '헛것'이다. "생에 대하여 대체로 비협조적"인 것이 바람이라 했지만, 실상은 사람의 말에 의해 받은 상처, 그 자체라 할 수 있다.

나는 언제부터, 좋은 세상이 올 거라는 거짓말을

믿지 않게 되었을까

혀를 잘라버릴 테다, 황금의 혀
— 「황금 혀」 부분

우리가 안다고 믿었던 것들은
외로움을 피해 스스로 꾸며낸 거짓인 것이
더 분명해졌다
— 「틈」 부분

'헛것'이 참이 아니라면, 단연히 '거짓'도 참이 아니다.
거짓은 단지 사실이 아니거나 사실이 아닌 것을 사실처
럼 꾸미는 것에 그치지 않는다. 유기택의 시에서 거짓(말)
은 인지 장애 환자 요양 시설에서 이탈을 막기 위하여 시
설에 가짜로 설치하는 버스 정류장(「가짜 버스 정류장」)
처럼 선의의 거짓말도 존재하지만, 이념과 전쟁, 연좌제
라는 국가 폭력(「황금 혀」)과 외로운 가족의 죽음, 남겨
진 자의 외로움(「틈」)과 깊게 연관되어 있다. 「황금 혀」는
6·25전쟁 당시 피란 중 만난 "곧 좋은 세상이 올"것이
란 인민군의 말과 인민군 대신 "색시, 색시"하며 쫓아다
녀 무서웠다는 미군, 그리고 "북으로 끌려간 큰외삼촌"으
로 인한 연좌제, 그럼에도 "소머리 표 민주공화당 지지자

였던 어머니"의 말과 삶을 통해 허위로 가득 찬 세상에 질문을 던진다. 이는 어머니로 대표되는 이 땅에 사는 평범한 사람들, 즉 서민들이 근심 걱정 없이 사는 "좋은 세상"이 언제인가로 귀결된다. 이에 대한 예제는 여러 방향으로 향한다. 첫째는 인민군과 미군은 과연 해방군인가 하는 문제다. 인민군의 진주에 "무너지는 전선을 따라 후퇴"하던 가족은 집으로 돌아가 기다리라는 인민군의 설득에 "침묵으로 두려움을 견"딘다. 아무런 해코지를 하지 않는 인민군에 비해 해방군으로 참전한 미군은 전쟁 대신 여색을 탐하는 존재로 그려진다. 인민군보다 "코쟁이 미군 놈이 더 무서웠다"고 한다. 둘째는 독재의 탈을 뜬 민주주의라는 허울이다. 시인은 "민주공화당"으로 대표되는 집권 보수정당을 "소머리 표"라고 규정한다. '민주'라는 가면만 쓴 가짜라는 것이다. 소는 농경 사회에서 가장 중요한 가축이었다. 조선시대에는 무단으로 소를 도축하면 중형에 처했다. 그러므로 '소머리'는 가진 자들을 상징한다. 서민인 어머니가 왜 "소처럼 사람을 부리는" 민주공화당을 지지했느냐에 시인의 의문과 궁금증이 머문다. 더군다나 "연좌제의 늪"에 빠져 허우적거렸으면서도. 그런 어머니는 "빨갱이 김대중이 대통령이 되고" 나서야 "우리 민주주의"의 허울과 가진 자들의 뻔한 거짓말에서 벗어난다. 셋째는 "좋은 세상이 올 거라는 거짓말"에 대한 믿음의 상실이다. 그것이 언제인지 알 수 없지만, 중요한 것은 "좋은 세상"과 입바른 말을 더 이상 믿지 않는다는 사실이다. 시인은 퇴색할 대로 퇴색한 '민주주의'와 '공산주의'의 순수성과 진실성에 의문을 가짐과 동시에 '주의 主義'보다는 이를 적용하는 사람들의 문제가 더 중요함을 잘라버리고 싶은 "황금의 혀"를 통해 통찰하고 있다. 주석에 의하면, 이집트 미라에서 황금 혀를 가진 미라가 발견됐는데 이는 지하 세계의 왕이자 죽은 자의 심판자인 오시리스의 자비를 구하기 위함이라고 한다. 즉 왕처럼 군림하다가 죽은 자의 "황금의 혀"를 잘라버림으로써 거짓으로 힘없는 사람들을 속이다가 죽은 자들과 산 자들에게 자비가 없음을 경고한 것으로 해석할 수 있다.

「황금 혀」에서의 거짓이 외적 환경의 영향이라면, 「틈」에서의 거짓은 "스스로 꾸며낸" 내적 고백에 의한 것이다. 한데 그 거짓은 "우리가 안다고 믿었던 것들"이라는 전제조건이 붙는다. '안다'는 지각과 '믿는다'는 신념이 지시하는 방향에는 "시간의 틈"이 존재한다. 그 틈을 들여다보면 가까운 사람들의 죽음과 눈이 마주친다. "두 개의 발판"에서 죽은 늑대거미로부터 발화한 이 시는 "수녀병원에서 풀"어준 엄마, "나흘을 버티다 그 틈을 겨우 빠져나"간 둘째 형과 "느닷없이" 죽은 큰형, 그리고 "한 달"을 앓다 "틈을 건"넌 아버지 등 연이은 가족의 죽음 앞에서 신의 존재에 대한 의문을 제기한다. "모든 경계의 모서리에 깃들어" 있는 틈은 언젠가 시인이 건너갈 미지의 세계이면서 그리움의 공간이다. 그리움은 외로움을 동반한다. 곁을 떠난 가족이 그리울 때마다 "틈을 들여다"본다. "시간의 틈"은 투명한 유리가 아닌 앞면만을 비추어 보여주는 거울과 같다. 저쪽 세계 대신 이쪽 세계에 존재하는 자신의 모습을 응시하게 한다. 시인에게 필요한 건 반성이 아니라 틈 저쪽으로 사라진 가족의 모습을 단 한 번만이라도 보는 것이다. 하지만 "시간의 틈"은 요지부동 열리지 않는다. "밀었다, 당겼다, 흔들었다"를 반복하는 행위에선 안타까움이 묻어난다. "물상의 틈", 즉 자연계의 사물 형태로 돌아간다는 전언(유언)에도 실체는 존재하지 않는다. 이쪽이 빛이라면, 저쪽은 어둠이다. 이쪽의 빛이 마지막까지 드는 건 "그 틈새"다. "마지막 발판"에서 담담히 틈새를 들여다보며 순서를 기다리고 있다. 잘도 흘러가는 "시간의 여울"에서 속울음을 삼키지 않았다면, 그것이야말로 "낮고 부드러운 거짓말"(「부엉이와 길고양이 피가로와 나」)일 것이다.

이름을 짓자 했지만, 나는 아무 말도 하지 않았다

적어도 하루 한 번은 거의 빠짐없이 다녀가는
놈은 일수를 찍는 사채업자 얼굴처럼 무표정하다

그쪽이 더 나았다, 피가로.
—「길고양이」 부분

못 보던 풀꽃들은
바람이나 길고양이나 새들이 씨앗을 묻혀 오는 게 분명했다
올해도 마당에서 늘었다
—「유형지에서 보내는 한 가을」 부분

지금쯤
길고양이 피가로는 제 그림자 아래로 숨었을 때다
은사시나무처럼 비 맞던 사람들은 어떻게 되었을까
—「저녁 가로의 시니피에」 부분

하루 한두 번은 들렀다 가던 길냥이 피가로가
일주일째 모습을 보이지 않고 있다
—「뒤죽박죽 영하 23도」 부분

오지 않는 길고양이 피가로의 이름을 다시 묻듯이 적어 넣었다
그건 우리가 알 수 없는 별 이름이라고 해도 무방했다
그 가을이었던 건 밝혀지겠지만 거미로 써야 했던 것은 아닐까
—「길고양이 피가로를 보셨나요」 부분

센서와 길고양이 피가로는
끝내 발견되지도 돌아오지도 않았다

— 「센서 등燈」 부분

　이번 시집에서 단연 눈길을 끄는 건 길고양이를 소재로
한 여러 편의 시다. 길고양이의 등장은 작은 공간과 평범
한 일상에서 풍경風磬을 흔드는 바람 같은 존재가 아니었
을까. 처마 끝에 매달려 있는 풍경과 예고 없이 나타난 바
람의 조우遭遇. 한곳에 고정된 풍경은 바람을 만나는 순간
몸이 흔들리면서 맑은 소리를 낸다. 풍경과 바람의 만남
을 시적 순간이라 하면, 흔들림은 시적 떨림, 맑은 소리는
시적 형상이라 할 수 있다. 풍경이 바람을 기다리듯, 시인
은 길고양이를 기다린다. 풍경을 흔들고 가는 바람이 일
회성이 아니듯, 길고양이의 방문은 수시로 이어진다. 바람
의 세기에 따라 풍경 소리가 진폭을 달리하듯, 길고양이
에 대한 시도 다채로운 풍경을 자아낸다. '시인의 말'에서
그리운 건 "까칠한 길고양이"라 했듯, 풍경 끝에는 그리움
이 매달려 있다. '순한'이 아니라 '까칠한' 그리움이다. 풍
경은 바람이 불어오기 전까지 "망실忘失한 시간"(이하 「고
양이 문신처럼 그리운 당신」)을 외롭게 견딘다. "울지 못
하는 길고양이"처럼 안으로 울음을 참으며 그리운 사람
들을 기억한다. "잊지 않기 위해 기억"한다기보다 "기억하
기 때문에 잊지 못하는 것"이 시인의 기억법이다.
　기억하는 법은 "이름을 짓"는 것부터 시작된다. "적어도

하루 한 번은 거의 빠짐없이 다녀가는" 길고양이의 이름은 '피가로'. 모차르트가 로렌초 다 폰테가와 합작한 3부작 오페라의 첫 작품인 〈피가로의 결혼〉을 떠올리게 하는 작명이다. 피가로는 알마비바 백작의 이발사 겸 집사(시종)의 이름이다. 먹이를 제공하지만, 서로는 구속하거나 구속된 관계는 아니라는 선언이면서 이제는 식구로 받아들인다는 의미라 할 수 있다. 관계 설정과 별개로 '길고양이'에서 '피가로'라는 이름을 갖는다는 것은 '의미'를 얻는 동시에 존재가치를 인정받는 일이다. 길고양이는 길을 떠돌아다니며 사는 고양이의 통칭이지만, 피가로는 '나'만을 지칭하기 때문이다. 피가로로 명명함으로써 막연함에서 친근함으로, 무의미에서 의미로 관계와 존재가치가 전환된다. "이름을 짓자 했지만 나는 아무 말도 하지 않았"으므로 피가로라는 이름을 지은 게 시인이 아닌 듯하다. 하지만 다음 문장에서 "그쪽이 더 나았다, 피가로"라 했으므로 이미 이름을 정해놓고 능청을 떠는 상황이다. 시인의 침묵은 "이별의 뒤는 은밀한 빛", 즉 이별(죽음) 뒤에 찾아드는 슬픔과 괴로움 그리고 견딜 수 없는 그리움 때문이다. 곁을, 정情을 주지 않으려 일정 거리를 유지한 채 서로 "물끄러미" 바라보기만 할 뿐이다. "친한 척하지 말"자 결심한다.

결국 우려했던 일이 벌어지고 만다. "길고양이 피가로"가 일주일째 모습을 드러내지 않더니 "끝내 발견되지도

돌아오지도 않"는다. 집 밖은 "수도계량기 동파 소식이
여기저기서 들려"오던 영하 23도의 강추위였다. 정情이라
는 감정은 이지적인 것과 별도로 스스로 마음에서 생겨난
다. 나도 모르는 사이에 곁을 내어준다. 털에 "씨앗을 묻
혀"와 마당을 꽃으로 물들이고, "기를 쓰고 전주 꼭대기
까지 기어올"(「부엉이와 길고양이 피가로와 나」)라가 울
고, 비가 내리면 "제 그림자 아래로 숨"는 모습을 지켜본
다. 그러다가 "간밤 노랑 갈색 줄무늬 고양이와 영역 다
툼"(「징벌懲罰」)에서 패하자 종적을 감춘다. "오지 않는 길
고양이 피가로의 이름을 다시 묻듯이 적어 넣"고, 현관의
센서 등이 켜질 때마다 '혹시나' 하고 밖을 내다보지만,
피가로는 영영 돌아오지 않는다. 피가로가 사라지자 시
인의 감정은 두 가지로 나뉜다. 하나는 살아서 돌아오는
'기적'이고, 다른 하나는 다시는 "사랑하지 말아야"겠다
는 다짐이다. 어느 쪽이든 길고양이 피가로에 대한 애정
이 담겨 있다. 그 감정의 이면에는 "슬픔을 쏙 빼닮은 무
엇"(「고양이 문신처럼 그리운 당신」)과 "울음의 원점"(이
하 「부엉이와 길고양이 피가로와 나」)이 존재한다. 남들
이 보지 않는 공간에서조차 울지 못하는, '침묵의 슬픔'은
영혼을 잠식한다. 어느 순간 시인은 길고양이 피가로에서
자신의 모습을 투영하지만, "피가로 가면을 쓴 부엉이"가 암
시하는 것처럼 가면 뒤의 '그 무엇'을 아직도 감추고 있다.

　사실 길고양이를 소재로 한 시편들이 내적 슬픔이나 상

처, 감정의 이면으로만 방향이 흐르는 것은 아니다. 「징벌懲罰」은 힘을 소유한 자들과의 싸움에서 밀려나자 중심을 잃고 "삶의 변두리"로 뿔뿔이 흩어진 힘없는 사람들의 안타까움과 이후 "쥐새끼들이 창궐하는 세상"의 도래를 신랄하게 비판하고 있다. 「뒤죽박죽 영하 23도」는 "두 배나 더" 뛴 난방용 기름값에 오히려 관련 "업자들은 돈 잔치"를 벌이며, "감빵 살던 사기꾼은 면죄부"를 받고, 휠체어를 타고 검찰에 출두하던 "놈이 벌떡 일어나 집"으로 가는 어처구니없는 상황을 극명하게 대비한다. 「부엉이와 길고양이 피가로와 나」는 밤낮의 얼굴을 달리하는 부엉이와 길고양이와 나의 가식성을, 「봄날은 간다」는 "폐지를 줍는" 노인의 희망 없는 삶을, 「증발」은 로드킬 당한 고양이의 참상을 조명한다. 아울러 「저녁 가로의 시니피에」, 「어느 폐역廢驛 노랑 고양이 이야기」, 「길고양이 피가로를 보셨나요」 등은 세월호 참사를 다룬 것으로 보이는데, 특히 「저녁 가로의 시니피에」는 "이제는 돌아올 것 같지 않은 차가운 사람들"과 불의에 맞서 항거하던 사람들, "오체투지로 통과하던 침묵의 순례자들"에 비해 "허약하고 비굴한 논리에 패하고 돌아와" 침묵하는 시인의 고뇌를 담고 있다. 시인의 '침묵'이나 '고뇌', 어쩌면 그동안의 "환형環形의 시"(「손가락으로 보기」)에는 살아 있음의 '미안함'과 '죄의식'이 짙게 깔려 있다.

선 채로 눌려 죽어 픽픽 쓰러졌다고

아무 생각이나 떠오를 때까지 걷기로 했다
좁은 방 안을 빙빙 돌아 두 시간째 걷고 있다

걸었다

서서 눌려 죽었다
이 미친 생각을 도대체 멈출 수가 없다

1979년 신병 훈련소 23연대 샤워장

그날 각개전투 훈련 교장에
겨울을 재촉하는 늦은 가을비가 종일 내렸다
훈련병 단체 샤워 시간 5분이 주어졌다
누군가
샤워 꼭지가 달린 배관 파이프 밸브를 열자
공중 샤워 꼭지들에서 끓는 물이 쏟아졌다
뜨거울 사이도 없이 비명이 밀어닥쳤다
바글대던 것들은 순식간에 사방 벽으로 튀어
물에 풀어진 신문지 조각처럼 겹겹이 붙었다

북방산개구리새끼들

선 채로 나무토막처럼 픽픽 쓰러졌다고

낄낄거리던 악마의 잠깐 축제
그건 전우애와 양심 불량으로 종결되었다
불량한 시간에 갇힌 기억은 돌처럼 굳어졌다
대체 뭐가 잘못되었다는 건가 따위는
내게 묻지 마라
좁은 방 안을 빙빙 돌아 두 시간째 걷고 있다

문득, 줄에 목이 달린 외로운 개처럼
한 방향으로만 돌고 있다는 걸 깨달았다

예정을 벗어난 젊은 날은 이미 어디도 없었다
— 「10. 29. 이태원」 전문

종일 눈에 흐린 낙엽이 내렸다
길거리 널브러진 낙엽만으로도 걸음을 멈칫했다
찬 길바닥에 누인 아이들 같다

아이들은 떼로 몰려 만성절 전야 축제에 갔다
축제에 간 아이들은 아직 돌아오지 않았다
악마 들린 아이들도 섞였더라는 소문이 돌았다

망자들의 소식과 산 자들의 소식이 뒤엉킨 밤

악마들은 어디서나 산 자들 틈에서 되살아났다
언제나 산 자들 사이에서도 맨 나중 발견되었다

그렇지만 그건 그냥 하루 길거리 놀이였다

돌아오지 않는 아이들은
자기들 가면 뒤로 꼭꼭 숨어버린 게 분명해

그 많던 성인도 우는 아이를 돌보는 자도 없다

하루가 지났다
호박등을 따라나선 아이들은 사라져 없어지고
주인 잃은 가면들만 낙엽처럼 길바닥에 굴렀다

이제 곧 겨울을 알리는 축포가 터질 것이다

가면이 없는 아이는 눈에 실핏줄이 터지고
제 방 구석에서 구겨진 빨랫감으로 발견되었다
늦은 아르바이트에서 돌아와 이틀을 잤다고
아이에게선 쇠기러기 울음 같은 쇳소리가 났다

악마들이 새끼를 치는 이틀이 지났다

오늘로, 모든 성인들의 축일이 끝났음을 알리고

조용히 방문을 닫아주었다
　　─「우리들의 만성절」 전문

　기억은 경험의 '보존'과 '재생'이라는 두 가지 속성을 가지고 있다. 아무리 오랜 시간이 흘러도 흐려지거나 왜곡되지 않은 생생한 기억이 '보존'이라면, 일부 소실되거나 완전히 망각했다가 어떤 계기로 되살아나는 기억이 '재생'이다. 어떤 기억은 의도적으로 외면하거나 회피하기도 한다. 개인사적으로 보면 악몽 같은 기억이나 세월호와 이태원 참사 같은 사회적 파장이 큰 사건을 애써 들춰내 상처를 덧내지 않고 침묵하려 한다. 하지만 시인은 침묵하는 대신 기억을 끄집어내 시로 형상화하는 방법을 택한다. 제목에서 선명하게 의도를 드러낸 「10. 29. 이태원」은 많은 사람이 "선 채로 눌려 죽어 픽픽 쓰러졌다"는 이태원 참사 소식을 접한 시인은 2시간째 "좁은 방 안을 빙빙" 돈다. 시인은 "1979년 신병 훈련소 23연대 샤워장"의 꼭지들에서 쏟아진 "끓는 물"의 기억을 소환한다. 유기택의 시에서 처음 소환한 군대 경험으로, 그만큼 충격이 컸음을 뜻한다. 장난의 탈을 쓴 폭력으로 훈련병들은 비명을 지르면 "순식간에 사방 벽"으로 몰려가 선 채로 쓰러진다. 돌처럼 굳어 "불량한 시간에 갇힌 (그) 기억"은 이태원 참사를 만나자 금방 재생되고, 충격에 휩싸인 시인은 분노하고 좌절한다. 엄청난 사회적 파장을 일으킨 이태원 참사가 기억의 저편에 감춰두었던 충격적인 군대 경험을 처음으로 시에 끄집어내게 만든 것이다. 무참하게 짓밟힌 현장에 인간 존중이나 존엄성은 존재하지 않는다.

이태원 참사를 다룬 시「우리들의 만성절」에서 시인은 늦가을 길거리를 홀로 걷고 있다. 길에 널브러진 낙엽을 보는 순간 "찬 길바닥에 누인 아이들"을 떠올린다. 관찰을 통한 유사성과 자유연상이 시적 발상의 일반이지만, 낙엽에서 이태원 참사로 우리 곁을 떠난 아이들을 떠올리는 건 그 충격과 비애가 그만큼 깊다는 방증이다. 만성절萬聖節은 모든 성인 대축일로, 다양한 분장을 하고 즐기는 핼러윈Halloween으로 표기된다. 핼러윈이란 '모든 성인 대축일 전야제All Hallows' Day evening'의 줄임말이다. 만성절 전날에 죽은 사람의 영혼이 이승으로 돌아와 3일간 머문다고 한다. 3일에 주목한 시인은 첫날에는 "망자들의 소식과 산 자들의 소식이 뒤엉킨 밤"의 참상과 아이들을 악마화하는 소문을, 둘째 날에는 망자가 된 아이들과 "주인 잃은 가면들"을, 셋째 날에는 살아남은 아이의 충격과 죄책감을 비교적 차분한 시선으로 묘사하고 있다. 다만 "그건 그냥 하루 길거리 놀이"였음에도 아이들에게 책임을 전가하는 악마 같은 '소문'과 무책임한 사람들에 대해 분노하는 동시에 신에 대한 원망으로 옮겨간다. 신체 부위중 얼굴은 내면의 창窓으로, 가면을 쓰는 행위는 그 창을 닫는 것과 같다. 자신의 감정을 차단함으로써 유有에서 무無로 돌아가는 것이다. 핼러윈에서의 가면은 죽은 자들의 영혼으로부터 자신을 보호한다는 뜻이 내포되어 있다. 하지만 "주인 잃은 가면들"이나 "가면이 없는 아이"나 아무런 보호를 받지 못한다. "조용히 방문을 닫아"주는 것은 충분히 슬퍼할 시간을 주려는 배려와 아무것도 할 수 없는 안타까움의 표현이다.

納치 소년들을 마약 중독으로 부린
제 부족의 팔목을 도끼로 자르게 한

돌아갈 수 없는 아이들을 앞에 세우고
웃는 얼굴로 서 있던 악마의 종種을

괴물이 되어버린 탐욕의 탄환 열차를
이를 갈며 저주했다
　　──「블러드 다이아몬드」 부분

치타공의 철까마귀들은
철사로 둥지를 짓고 푸른 알을 낳아 철까마귀를 부화한다
철의 대물림 방식이다
한 번 붙들리기만 하면 절대 헤어날 수 없다는 고철 늪은
1톤으로 잘려진 팔천 조각으로 해체되어

일당 2달러짜리 인간 스무 명의 어깨를 타고 옮겨진다
고철을 잘라먹고 사는 2달러의 가난은 힘이 세다고 했다
안 보이는 사람의 희망이 후판 속 깜깜한 벽을 두드리자
펄에 갇힌 폐선박의 옆구리를 가르고 불이 쏟아져 나왔다
— 「치타공의 철까마귀들」 부분

시종 단아하고 정제된 어조로 내적 정서에 몰두하던 시
인은 밖에서 들어오는 참담한 외침과 참상에 더 이상 침
묵하지 않는다. 밖을 향해 눈과 귀를 열자, 애써 외면하던
현실이 위험 수위를 넘자 참아왔던 시인의 음성은 국경
을 벗어나 세계로 향한다. 하지만 자아와 시의 거리를 철
저히 유지함으로써 마음의 균형을 잃지는 않는다. 스스
로 단절했던 외적 세계와 이어준 통로는 TV 다큐멘터리
재방송이다. 「블러드 다이아몬드」나 「치타공의 철까마귀
들」 모두 열악한 작업 현장에서, 정당한 대우를 받지 못한
상태에서 노예처럼 일하는 가난한 사람들의 삶을 들여다
보고 있다. '블러드 다이아몬드blood diamond'는 시에라리
온과 같은 아프리카 분쟁 지역에서 채굴되어 불법으로 거
래되어 전쟁이나 테러의 불법 자금줄로 활용되는 다이아
몬드다. "납치 소년들을 마약"에 중독시켜 채굴한 다이아
몬드가 다시 피를 불러오는 것이다. 시인은 탐욕에 눈이
먼 "악마의 종種"을 저주한다. '치타공Chittagong'은 방글라

데시 남동부에 있는 항만 도시로, 선박들의 무덤으로 불린다. 열악한 작업환경에서 폐유조선이나 폐화물선의 해체 작업을 하는 사람들을 일명 '철까마귀들'이라 부른다. 이곳에는 "고철을 잘라먹고 사는", 안타까운 사연을 간직한 가난한 사람들이 중노동에 내몰리고 있다. 특히 폭력과 착취, 학대로부터 보호받아야 할 아동이 이들 지역에서 희망 없는 "대물림의 방식"의 불법 노동에 시달리고 있다. 시인은 "텔레비전을 꺼버리고도 한참이나 잠들지 못"하고 몸을 뒤척인다. 눈을 감으면 "정수리에서도 붉은 녹물이 흘러내리"는 듯하다.

이제 유기택 시인에게 "생각 없이 쓰는 건"(이하 「회유기回游記」) 시가 아니다. "시 같은 시"는 산속이나 길섶, 개울, 공터, 무덤 같은 곳에 있는 게 아니라 사람들 틈에 스며 있다. 깨달은 후에 저벅저벅 사람들 속으로 걸어 들어가 중생을 제도하듯, 생각 이후에 가난하고 힘없는 사람들과 어울리고 시를 쓰는…. 기존의 "생각이나 시 같은 것"을 버려야 "잇몸 가려운 어린것들"이 다시 찾아온다. "어떤 날은 날땅콩 같은 시를 쓰고/ 어떤 것들에서는 여전히 비린 맛이 돌"(이하 「얼떨결에」)겠지만, 불에 탄 땅콩 껍데기 속에 남아 있던 "알맞게 익"은 땅콩 같은 시를 쓸 것이다. "우리에게 잃을 것이 있다면 다행히/ 아직 오지 않은 미래밖에 없"(「가짜 버스 정류장」)지 않은가. "혜

안의 시인"(이하 「적우赤羽」)은 "죽고 나서야 신이 되거나 신에 가까워"지지 않았던가. "발심하여 죽어가는 것들이 다시 그리운" 저녁이다. 🔁

달아실에서 펴낸 유기택의 시집들

시집 『사는 게 다 시지』(2021)

시집 『환한 저녁』(2023)

달아실 기획시집 34

고양이 문신처럼 그리운 당신

1판 1쇄 발행　　　　2024년 7월 31일

지은이　　　　유기택
발행인　　　　윤미소
발행처　　　　(주)달아실출판사

책임편집　　　　박제영
디자인　　　　전부다
법률자문　　　　김용진, 이종진
기획위원　　　　박정대, 이홍섭, 전윤호
편집위원　　　　김선순, 이나래

주소　　　　강원도 춘천시 춘천로 257, 2층
전화　　　　033-241-7661
팩스　　　　033-241-7662
이메일　　　　dalasilmoongo@naver.com
출판등록　　　　2016년 12월 30일 제494호